Siegfried Kettling

... und der sagte ja

Hänssler-Verlag
Neuhausen-Stuttgart

CIP-Kurztitelaufnahme der Deutschen Bibliothek

Kettling, Siegfried:
. . . und der sagte ja/Siegfried Kettling. –
Neuhausen (Stuttgart): Hänssler, 1979.
(TELOS-Bücher; 5010: TELOS-Taschenbücher)

ISBN 3-7751-0418-6

TELOS-Taschenbuch Nr. 5010

Umschlaggestaltung: »litera«, Christlicher Verlags-Service, Wiesbaden
Gesamtherstellung: Ebner Ulm

Inhalt

Vorwort

Das Büchlein bietet ein *Mosaik.* Verschiedenfarbige Steine sind zusammengefügt: Zeitschriftenartikel (meist aus »Arbeit und Stille« und »Contrapunkt«/MBK-Verlag), ein Vortrag, eine Predigt, eine Bibelarbeit, eine Gedichtinterpretation.

Verkündigung, Theologische Besinnung, Auseinandersetzung mit Ideologien, – der Leser ist zum Mitdenken eingeladen!

Im Prisma bricht sich der weiße Sonnenstrahl ins breite Spektrum der Farben. Unterschiedlich sind die einzelnen Töne, doch kommen sie aus dem einen Strahl. So möchten auch die einzelnen Abschnitte alle etwas widerspiegeln von dem Licht des Einen, der Ja zu uns sagte, – Jesus Christus.

Unterweißbach,
Frühjahr 1979 Siegfried Kettling

Der Mensch lebt nicht vom Brot allein

»Wovon lebt der Mensch?«

Diese Frage klingt anders, wenn eine Diätberaterin damit ihre ernährungswissenschaftlichen Empfehlungen einleitet oder ein Todeskandidat in der Krebsstation sie seinen Mitpatienten vorlegt. Eben das tat Jefrem, der unheilbare Fall, in Solschenizyns Roman »Krebsstation«. Nie hatte der kerngesunde, bärenstarke Kerl sich mit solchem »Tiefsinn« herumgeschlagen, hatte über Ärzte und Medizin gelacht, das Leben in die eigenen Fäuste genommen – bis die heimtückische Krankheit seine Zunge befiel, dann den Hals und sich nun unaufhaltsam in den Kopf hineinbohrt. Jetzt steht die Frage im Raum. Antwort braucht er. Die Hilfe der anderen. Das Gespräch. – Aber es kommt nicht zustande. Die Antworten greifen nicht, erreichen nicht die Frage, noch weniger den Menschen: »Vor allem von der Luft, dann vom Wasser, dann vom Essen«, doziert einer. Früher hätte Jefrem genauso geantwortet, vielleicht mit dem Zusatz: Vom Alkohol! – »Vom Arbeitslohn!« , ruft der Pfleger dazwischen. »Von der Qualifikation«, heißt es aus einer Ecke. »Von der Heimat«, sagt ein Sterbender, »da ist alles leichter.« Schließlich äußert sich Rusanow, ein verdienter Parteifunktionär, der seine Einquartierung in diese Station als Skandal empfindet. Seine Antwort kommt wie vorprogrammiert: »Darüber kann doch kein Zweifel bestehen... von der Ideologie und den gesellschaftlichen Interessen...«

Wer als Christ dieses Kapitel liest, dem schießt es durch den Kopf: Weiß denn keiner die richtige Antwort? Nur banales Geschwätz und ideologische Phrasen? Wie gut, daß wir es besser wissen! »Der Mensch lebt nicht vom Brot allein«, sagt Jesus, »sondern von einem jeden Wort, das durch den Mund Gottes geht« (Matthäus 4,4; 5. Mose 8,3). Also: vom Gespräch mit Gott lebt der Mensch. – Ja, wir Christen wissen es besser. – Aber reicht dies »Besser-wissen«, tut's die richtige Antwort? Meldet sich da nicht sofort der Ideologieverdacht? Ist das auch nur eine vorgestanzte Vokabel, heruntergeplappert, weil »indoktriniert«? – Leben wir davon? Bewährt sich das – auch auf der Krebsstation? Wir fragen: Wo liegt die Begründung? Und: Wie gestaltet sich von daher das Leben?

... »Es ist nicht gut, daß der Mensch allein sei ...«

»Pflegen Sie Ihr Kind optimal, baden Sie es täglich in Kleie, wickeln Sie es in keimfreie Windeln, füttern Sie es mit feinster Babykost, sparen Sie nicht an Creme und Vitaminen; aber zeigen Sie ihm nicht Ihr Gesicht, versagen Sie ihm die Liebkosung Ihrer Hände, lassen Sie es nicht Ihre Stimme hören, nicht Ihre Augen sehen – dann werden Sie es garantiert vernichten!«

Es hat sich herumgesprochen, ist experimentell erhärtet: Ein Mensch lebt von der Zuwendung des anderen, nicht erst seelisch-geistig, schon biologisch-vital. Mensch ist nur, wem der andere das DU schenkt und ihn so zum ICH erweckt, und wer dem anderen das DU zurückgeben kann und so sein ICH entbindet. Wer das nicht erfährt, wird zurückgestoßen ins ES, hineingebannt ins Dinghaft-Sächliche – und erstickt darin. So (Martin Buber hat es eindrücklich beschrieben) wird der Mensch »Person«, lebt vom Dialog zwischen Ich und Du. Das Gespräch ist sein Lebenselement. Dies ist das Geheimnis, das Wunder der Sprache: Sie baut die Brücke zum anderen. Wir betreten die Brücke – du und ich, wir transportieren nicht nur etwas auf ihr, sind nicht nur Informationsträger, wir bringen uns selbst, teilen von uns mit, verlassen uns, vertrauen uns an. Dieses Herüber und Hinüber auf der Brücke der Sprache heißt Leben. Sprache ist dabei weit zu fassen: nicht nur die Stimmbänder sind beteiligt, nicht nur Vokale und Konsonanten fügen sich zusammen. Alles nimmt die Sprache in Dienst – das Winken der Hand, das Zwinkern der Augen, Lachen und Weinen; beredt kann auch das Schweigen sein. Unser ganzer Leib ist Instrument der Sprache, wohlklingendes oder verstimmtes; auch was er gestaltet und gibt, beginnt zu reden: das Bild, der Blumenstrauß.

»Und Gott setzte den Menschen in den Garten und sprach zu ihm . . .«

Menschliche Existenz ist »worthaft«. Warum ist das so? Anthropologische Beobachtungen, Erhebungen aus Psychologie oder Verhaltensforschung umschreiben das Geheimnis nur von außen, schließen sein Herz nicht auf. Der Schlüssel liegt hier: Gottes Geschöpf ist der Mensch, und das heißt: »Nicht der Mensch hat das Wort gemacht, sondern umgekehrt, das Wort hat den Menschen ins Leben gerufen« (Helmuth Schreiner). Die Tiefe der Sprache gründet in dem »Und Gott sprach«, in dem »Lasset uns Menschen schaffen, ein Gegenüber, das uns entspricht.« Gott will mich als sein Du. Im Geheimnis der Sprache meldet sich das Geheimnis der Gottesebenbildlichkeit. Zugleich wird dabei das Ziel unseres Sprechens, ja unseres ganzen Daseins durchsichtig: » . . . daß du Gottes Namen ohne Unterlaß segnest, lobst und ehrst. Denn wozu anders ist die Zunge, Stimme, Sprache und der Mund geschaffen?« (Luther). Mensch-sein ist demnach Sprache-sein mit dem Ziel des Gotteslobs. Unser Gespräch miteinander – das zwischenmenschliche – ist dann im Grunde ein Dreiecksgespräch, geschieht über den Dritten, den Ersten. Nur »via Gott«, der mein Schöpfer ist und der des anderen, dem wir beide offenstehen, geschieht menschliche Kommunikation. »Kommunikation« müßte man übersetzen: Zwei haben Anteil an einem Dritten und so aneinander. Dann reicht das alltägliche Gespräch in den Raum des Betens hinein (schon das süddeutsche »Grüß' di Gott!« weist darauf hin).

»Da sprach die Schlange zum Weibe...«

Genau hier steht neben dem Wunder der Sprache ihre Verderbnis, ihre Perversion, die sie zur mörderischen Waffe macht. Streiche ich das »via Gott«, dann bricht die Klammer: Ich und Du fallen auseinander. »Entfremdete« stehen sich gegenüber, Konkurrenten. An die Stelle der Grundvokabel der »heiligen Sprache«, an den Platz des DU, tritt das stolze, sich selbst behauptende, herrische ICH. Da entartet Sprache zur Lüge, wird Heuchelei, Flucht vor helfendem Tun in verbale Vertröstung, ätzende Polemik, vergiftende Ironie, verletzende Propaganda, leeres Geschwätz. Die freundliche Geste wird Fassade, im Lächeln versteckt sich Aggression, das Schweigen ist Rückzug ins vermauerte Ich.

Wir spüren den tödlichen Riß: Ist Leben Gespräch, bedeutet Verstummen den Tod. Mit Eifer werden Reparaturarbeiten an der Brücke in Angriff genommen (z.B. gruppendynamische). Verräterische Beteuerungen und Beschwörungen laufen um: das »echte« Gespräch, der »ehrliche« Dialog, die »ernsthafte« Bereitschaft zum Hören... Diese Adjektive signalisieren die Krise, so wie der Eid nur in einer Welt voller Lüge gebraucht wird.

Unsere menschliche Sprache steht im Zwielicht: der Abglanz des göttlichen Schöpferwortes, des »Urworts« liegt darauf und das irrlichternde Gleißen der Sünde, die Dämonie des Falls. Und wer will das eine vom anderen scheiden – beim anderen und in sich selbst?

»Und alsbald ward er von seinem Aussatz rein und Jesus sprach zu ihm ...«

Die Bibel verkündet gute Nachricht, Wende der Situation: Gott selbst nimmt in souveränem Entschluß, in freier, nicht hinterfragbarer, von uns her nicht begründbarer Liebe das abgebrochene Gespräch wieder auf. Er übergreift den Graben unseres feindlichen Schweigens, unseres brüllenden Lästerns, unseres stummen Desinteresses. Er tut das nicht nur verbal, sondern so handelt er! »Das Wort ward Fleisch« (Johannes 1, 14). Gott bricht das Schweigen tathaft, personhaft, leibhaft. Das ist Gottes Sprache: Er gibt sich, wirft sich selbst als Brücke über den Riß. Jesus Christus, heißt dieses Wort. Dieses Tat-wort, dieses Person-wort Gottes setzt sich unserem mörderischen Nein aus, läßt sich niederstimmen, totschreien – und wird doch wieder laut aus dem Grabe heraus: »Ich bin das Leben« (Joh. 11, 25).

Und nun – seit Ostern und Pfingsten – übersetzt dieses eine Wort sich stets neu hinein in die Wörter und Fragen unserer Zeit und meines Lebens. Die Bibel ist das Instrument dazu, es klingt auf im Gespräch über einen Text, im Rat eines Mitchristen, in der Predigt am Sonntag. Schuldspruch und Freispruch ist dieses Wort, weckt aus dem Tode, weist neu ins Leben ein.

Antwort sucht das Wort, möchte sie herauslocken, will nicht Monolog bleiben, bittet ums Gespräch. »Fürchte dich nicht, du bist mein« (Jes. 43, 1), sagt es und möchte uns damit herausziehen aus der Todesstarre der Sprachlosigkeit. So wie der Skeptiker Thomas, der dann rief: »DU. Mein Herr und mein Gott!« (Joh. 20, 28).

Wie kann dies neue »Zur Sprache-kommen« bei uns aussehen? Ich nenne als Beispiel ein Psalmwort, das mir selbst in der Auslegung eines Bruders einmal sehr geholfen hat, lebendiges Wort wurde, »Lebensbrot«. Psalm

27, 8: »Mein Herz hält dir vor dein Wort: Ihr sollt mein Antlitz suchen! So suche ich auch, Herr, dein Antlitz.« Da ist einer am Ende mit sich selbst und seinem Glauben. Vielleicht hat er sich ernsthaft vorgenommen, vielleicht auch Gott versprochen: »Das geschieht bei mir nicht mehr. Hier fange ich neu an!« Aber aus der Umkehr wurde – zum wievielten Male schon? – der Rückfall. Sprachlos steht er nun vor seinem Versagen. Ihn packt der Ekel vor sich selbst, wie eine Woge geht die Scham über ihn hin. Verstecken will er sich – vor sich selbst, vor Gott. Gott anzuschauen, ihn wieder anzusprechen, das ist unmöglich. Das wäre unanständig, ehrlos, skandalös ... Da bricht Gott das Schweigen. Ein unmißverständlicher Befehl: »Du sollst mein Gesicht suchen. Jetzt! Gerade jetzt! Bleib nicht bei deinen Scherben sitzen. Meditiere sie nicht, füg dir nicht noch weitere Wunden zu. Du sollst kommen, ich bin dein Arzt.« Wie solch ein »autoritärer« Befehl befreien kann; reinstes Evangelium ist er!

So wage ich es denn: »Herr, ich habe kein Recht, und ich schäme mich entsetzlich. Aber nun nehme ich dein Wort wie einen Schild. Du hast befohlen, hast mir das Hocken in meinen Trümmern nicht erlaubt. Auf deine Verantwortung ...« Wie einen Schild halte ich Gott dieses Wort vor, und es deckt mich. So fliehe ich vor Gott – zu Gott!

Wer so kommt, findet den Vater, der schon lange wartend ausschaut. Der findet sich selbst neu – als Gottes Kind. Der entdeckt den anderen wieder – als Bruder und Schwester.

So kommt von Gott her das verdorbene Gespräch grundsätzlich und je neu wieder in Gang – das vertikale wie das horizontale; ein Ende aber ist nicht vorgesehen. Luther sagt: »Wo also und mit wem Gott redet, es sei in Zorn oder in Gnaden, der ist gewiß unsterblich. Die Person Gottes und das Wort zeigen an, daß wir solche Kreaturen sind, mit denen Gott bis in Ewigkeit ... reden will.«

geburt

ich wurde nicht gefragt
bei meiner zeugung
und die mich zeugten
wurden auch nicht gefragt
bei ihrer zeugung
niemand wurde gefragt
außer dem Einen

und der sagte
ja

ich wurde nicht gefragt
bei meiner geburt
und die mich gebar
wurde auch nicht gefragt
bei ihrer geburt
niemand wurde gefragt
außer dem Einen

und der sagte
ja

Kurt Marti

»... niemand wurde gefragt«

Dichtung macht dicht, kondensiert, preßt den Extrakt heraus: »Ich wurde nicht gefragt ... niemand wurde gefragt.« Das ist die menschliche Grundsituation, die menschliche Urerfahrung – in einen Satz geballt. Ich wurde nicht gefragt, ob ich überhaupt leben wollte, erst recht nicht, ob als Junge oder Mädchen. Meine Eltern, meine soziale Herkunft habe ich mir nicht ausgesucht. Meine Hautfarbe konnte ich nicht wählen. Weder bin ich Europäer aus Entscheidung noch Mensch des 20. Jahrhunderts. Ich wurde nicht gefragt.

Von draußen geht's nach drinnen: Fähigkeiten oder Schwächen, gesunde Konstitution oder stets angegriffene Gesundheit, gewinnende Frohnatur oder dunkler Hang zur Schwermut – all dieses prägt unser Ich bis ins Tiefste, aber wir wurden nicht gefragt. Es wurde uns zudiktiert. Heidegger spricht vom »Geworfen-Sein«, Goethe vom »Gesetz, wonach du angetreten«. »Gesetz« ist das uns Gesetzte, vor uns wie eine Mauer Hingestellte, das Unausweichliche, Unübersteigbare.

Schon die *Geburt* richtet also eine Mauer auf. »So mußt du sein, du kannst dir nicht entfliehen« (Goethe). Das *Schicksal* fügt eine zweite hinzu: jenes jähe Hereinbrechen des Unvorhergesehenen und Unabwendbaren, jene Katastrophen, die alle meine Sicherheitsnetze durchschlagen, der Herzinfarkt, der Verkehrsunfall ... Die dritte Mauer fügt sich bruchlos an: die *Schuld*. Tief verwoben sind hier Zwang und Entscheidung, Freiheit und Geschick. »Das Gute, das ich tun will, tue ich nicht; sondern das Böse, das ich nicht tun will, das tue ich« (Römer 7, 19). Die vierte Mauer heißt *Tod*. Sie verriegelt den Platz endgültig, macht ihn zum Gefängnis. Der Tod fragt niemand; der Tod ist schlechthin autoritär.

Wir wurden nicht gefragt. Nachträglich mögen wir protestieren, mit dem Kopf gegen die Wände anrennen und gellend »Nein« schreien. Oder uns resigniert beugen und das »Nein« nur noch flüstern. Oder auch das Gefängnis mit den Blumen der Illusion schmücken und für ein Paradies erklären. Die Grunderfahrung bleibt bestehen: »Niemand wurde gefragt.«

»– außer dem Einen«

»Der Eine« – mit dem bestimmten Artikel davor! »Der Eine«, den man großschreiben muß, wo ringsum alles kleingeschrieben wird! Der Einzigartige! Das ist von vornherein sicher: Diese Ausnahme, die die Regel zerbricht, kann ich nicht unter meinesgleichen suchen. Der Gefragte stammt nicht von uns *Un*gefragten. Er gehört auf die andere Seite, auf die Seite der Freiheit; er gehört zu – Gott.

Und nun müssen wir sehr menschlich reden: Da steht der Eine neben Gott, und Gott zeigt ihm sein künftiges Geschick, zeigt es ihm, ohne zu schonen. Gott macht den Einen zu einem Wissenden, zu einem, der durchschaut, und dann erst stellt er die Fragen:

»Siehst du den Mann, der unbehaust und angefeindet durchs Land zieht, ohne Nest, ohne Bau, ärmer als ein Tier? Siehst du in ihm alles Ausgestoßensein, alles Flüchtlingselend? Sieh diesen Paria, diesen Outcast. Das ist dein Leben! Willst du es?« –

»Siehst du den Mann, angepflockt, blutüberströmt? Lederriemen zerfetzen seine Haut. Siehst du an ihm alle Qual der Folterkammern und KZs, alle tobende Brutalität? Sieh diesen Geschundenen. Das ist dein Leben! Willst du es?« –

»Siehst du den Mann am Galgen, hörst du seinen Todesschrei? Nacht ist um ihn, und Nacht ist in ihm, Gottesfinsternis. Siehst du bei ihm aufgehäuft alle Schuld aller Zeiten, alle Gottesferne und allen Gotteszorn? Sieh den von Gott und Menschen Verfluchten! Das ist dein Leben. Willst du es? Du bist gefragt. Du, der Eine.«

». . . und der sagte
ja«

Da halten Himmel und Erde den Atem an. Der Eine ist gefragt worden. Nun muß die Entscheidung fallen, die alles entscheidet. (Kurt Marti hat in sein Gedicht die Pause hineinkomponiert, der breite Zeilenabstand zeigt sie an.)

Da fällt in das Schweigen das weltverwandelnde Wort: Ja.

Dieses Ja heißt *Weihnachten*: »Von einem Weibe geboren und unter das Gesetz getan« (Galater 4, 4). Darin ist letzte Solidarität mit uns. Der Gefragte kommt zu den Ungefragten, der Großgeschriebene zu uns Kleinen. Er wird Kamerad, atmet die Luft unseres Gefängnisses.

Dieses Ja heißt *Karfreitag*: »Er ward ein Fluch für uns« (Galater 3, 14). Da nimmt der Eine, der ja zu uns sagt, Gottes richtendes Nein stellvertretend auf sich, läßt sich von diesem Nein zerschlagen für uns.

Dieses Ja heißt *Ostern*. Da ruft Gott sein schöpferisches Ja diesem Einen zu, reißt ihn aus dem Tode und sprengt damit das Gefängnis, reißt die Wände nieder, von denen bisher unser Nein widerhallte.

Dieses Ja verwandelt das Gesetz der Geburt. Ich lerne das Ja nachsprechen – zunächst zu mir selbst: Ich kann mich annehmen, ohne neidisch nach dem anderen zu blicken. Ich bin »geschaffen«, nicht »geworfen«, ein unverwechselbarer, originaler Gedanke Gottes. – Dann aber gilt das Ja auch dem anderen: Feinde werden Brüder. Es gilt auch der Welt ringsum: Ich darf sie ernst nehmen, sie froh nehmen.

Dieses Ja verwandelt das *Gesetz des Schicksals*. Durch alle schrillen Dissonanzen hindurch klingt nun der gute Grundton. Durch alles verzweifelte und resignierte Nein in mir und ringsum tönt Gottes tiefes, heimliches Ja: »Denen, die Gott lieben, müssen alle Dinge zum Besten dienen« (Römer 8, 28).

Dieses Ja verwandelt auch das *Gesetz der Schuld und des Todes*. Vergebung verschließt das quälende Gestern und öffnet das Morgen, öffnet es für immer.

Einer wurde gefragt, und der sagte ja zu uns – Jesus Christus.

Die begnadigte Gemeinde
sagt zu Christi Wegen: Ja!
Ja, wir danken deinen Schmerzen;
ja, wir preisen deine Treu;
ja, wir dienen dir von Herzen;
ja, du machst einst alles neu.

Friedrich von Bodelschwingh

Wir proklamieren den gekreuzigten Christus

Sind Jesusbilder Geschmacksache?

Es gibt Jesusbilder mit Pinsel und Farbe gemalt, mit der Feder gezeichnet oder auch in Holz geschnitzt. Es gibt auch Jesusbilder aus Gedanken und Worten. Aus drei Jahrhunderten stammen die folgenden Zitate. Welch ein Jesus schaut uns da an?

Aufklärung

F. M. *Voltaire*, franz. Philosoph 1694–1778
»Er, Jesus, muß ein Mann von Tätigkeit, Kraft, Sanftmut, Mäßigung gewesen sein; er muß die Gabe zu gefallen gehabt haben und vor allem gute Sitten. Ich möchte wagen, ihn einen ländlichen Sokrates zu nennen. Beide predigten *Moral*, beide hatten Schüler und Freunde, beide wur-

den hingerichtet. Es ist wahrscheinlich, daß Jesus in den Dörfern eine gute Moral predigte, da er ja Schüler hatte. Jesus konnte nur *eine* gute Moral predigen; es gibt keine zwei. Die des Epiktet, Seneca, Cicero, Plato, Epikur, ... Brahma und Konfuzius ist absolut dieselbe. Nehmen wir die Sprüche, die man Jesus zuschreibt, so sehen wir in ihnen die Liebe zu Gott und zu dem Nächsten, die allgemeine Moral.«

Frühsozialismus

Wilhelm Weitling (1808–1871) dichtete für die Kinder der Mitglieder seines »Arbeiterbundes«:
»Ich bin ein kleiner Kommunist/und frage nicht nach Geld/
weil unser Meister Jesus Christ/davon ja auch nichts hält.
Ich bin ein kleiner *Kommunist*/und bin's mit Lieb und Treu/
und trete einst als *guter Christ*/dem Arbeitsbunde bei.«

Zeit des Nationalsozialismus

Alfred Rosenberg (1893–1946) schrieb in »Der Mythos des 20. Jahrhunderts«:
»Jesus erscheint uns heute als selbstbewußter *Herr* im besten und schönsten Sinne des Wortes. Sein *Leben* ist es, das für germanische Menschen Bedeutung besitzt, nicht sein qualvolles *Sterben*, dem er den Erfolg bei den alpinen und Mittelmeervölkern verdankt. Der gewaltige Prediger und der Zürnende im Tempel, der Mann, der mitriß und dem ›sie alle‹ folgten, nicht das Opferlamm der jüdischen Prophetie, nicht der Gekreuzigte ist heute das bildende Ideal ...«

Heutige Stimmen

Der neomarxistische Philosoph *Ernst Bloch*:
»... der wirkliche Jesus starb als Rebell und Märtyrer, nicht als Zahlmeister. (Der Tod) ist die Katastrophe für den Jesus, der kein Jenseits für die Toten, sondern einen neuen Himmel, eine neue Erde für die Lebendigen gepredigt hat. Ein *Rebell* gegen Gewohnheit und Herrenmacht ist am Kreuz gestorben, ein Löser aller Familienbande (Matth. 10, 34–37), ein Tribun des letzten apokalyptisch geschützten Auszugs aus Ägyptenland ...«

Dorothee Sölle, Vertreterin einer »Theologie nach dem Tode Gottes«:
»Wenn Jesus heute wiederkäme, wäre er *Atheist*, d.h., er könnte sich auf nichts anderes als auf seine weltverändernde Liebe verlassen.«
»Christus war wie wir ..., er lebte ohne Rückendekkung.«

Text eines *Hippy-Jesus-Posters*:
»You Guys can/wear your hair/any lenght you like/just tell them/I said so Jesus«
(Leute, ihr könnt euer Haar so lang tragen, wie ihr wollt. Sagt's ihnen, daß ich das gesagt habe, Jesus.)

Eine Überraschung

Paulus hat gesagt: »Wir proklamieren den gekreuzigten Christus, – Religiösen ein Skandal, Klugen dummes Zeug« (nach 1. Kor. 1, 23). Demnach müssen wir erwarten: Wo der Name Jesus fällt, da gibt's hitzigen Protest, Aggression, spöttisches Gelächter! Erstaunt bemerken wir in den Zitaten das Gegenteil: Offenbar hat niemand etwas gegen Jesus! Im Gegenteil: Jesus ist ein hochachtbares, sympathisches, ja vorbildliches Glied der menschlichen Gesellschaft, vielleicht sogar, wie der berühmte

Historiker Leopold von Ranke meinte, »das fleckenloseste, tiefsinnigste, menschenfreundlichste Wesen, das je auf Erden erschienen war.« Das ist überraschend! Wirklich? Sehen wir genauer hin!

Galerie der Jesusbilder

Voltaire, der Aufklärer und Moralist, sonst ein arger Spötter, sieht in Jesus einen Verwandten. Wie der große Sokrates hat er »Moral gepredigt« (das war z.Z. der Aufklärung ein Lob!), eine gute sogar, die eine, die es gibt. Sokrates, Jesus und Voltaire – sie haben dieselbe »Blutgruppe«.

W. Weitling, Kämpfer gegen den Kapitalismus, findet in Jesus einen Genossen, mehr: den »Meister«. Wer ist Jesus? »Der erste Sozialist.« Bravo! Er ist akzeptiert!
Der Nazi-Chefideologe *Rosenberg* entdeckt in Jesus den verehrten Führer Adolf Hitler wieder: den »Mann, der mitriß und dem sie alle folgten«. Jesus – das Ideal für den germanischen Herrenmenschen. Das ist »artgemäßes« Christentum! (Einige Theologen versuchten damals sogar nachzuweisen, daß Jesus keineswegs jüdischer Abkunft gewesen sei –, eine eindeutige Geschichtsfälschung!)

Ernst Bloch ist für den revolutionären »Auszug aus allem Oben«, will Weltveränderung aus der Kraft der Hoffnung. Da kommt Jesus wie gerufen: »der Rebell gegen alle Gewohnheit und Herrenmacht«, der »Löser aller Familienbande«, der Volkstribun. – Da ist es kaum verwunderlich, daß das Bild Che Guevaras, von jungen Rebellen bei ihren »Prozessionen« herumgetragen, immer mehr Jesus-ähnliche Züge bekam (Che im Jesuslook!) und daß das Magazin der »Spiegel« eine zugkräftige Serie abdruckte mit dem Titel »Auch Christus hätte zum Maschinengewehr gegriffen« ...

Übrigens: das *bürgerliche 19. Jahrhundert* war da vom

Gegenteil überzeugt. Jesus war das Modell für Berufstreue und »Berufsgehorsam« (bis zum Tode, wenn's sein muß), beispielhafte Verkörperung von »Tugend und Pflicht«. Das »Reich Gottes« bauen hieß, in seinem Beruf treu und fleißig sein – ganz wie Jesus – und sich als treuer Untertan erweisen (so bei dem Theologen A. Ritschl). »Mit Gott für Kaiser und Vaterland«, für Thron und Altar.

Dorothee Sölle, Vorkämpferin für ein so absurdes Unternehmen wie eine »Theologie nach dem Tode Gottes«, möchte sich und ihren »a-theistischen« Lesern einen ebenso »a-theistischen« Jesus präsentieren, der – »wie wir« – »ohne Rückendeckung« lebte. Daß das im direkten Widerspruch zum Neuen Testament steht, das uns Jesus als Beter mit dauerndem Kontakt zum Vater (»Abba«) zeigt, scheint dabei belanglos.
Ist es da verwunderlich, wenn Gammler und Blumenkinder sich als »fellows« dieses Jesus sehen, der ihrer Haarpracht die ideologische Frisierung spendiert? Oder wenn clevere Manager Jesus zum »Superstar« im Showgeschäft empormanipulieren: Jesusbeat – Jesusbikini – Jesusporno, Strandgut der Jesuswelle.

Jedem seinen Jesus!

Wenn man so die Jesusbilder der vergangenen Jahrhunderte studiert und die heutigen dazu (auch in der Malerei!), dann bemerkt man: Über den »Geist« der jeweiligen Epoche, über ihre Ideale, Träume und Programme erfährt man sehr viel, über den wirklichen Jesus jedoch – fast nichts! Was man da »Jesus« nennt, ist genau genommen das eigene Spiegelbild, ein leicht idealisiertes Selbstporträt.

Wenn ein Jesus-Fan kürzlich banal feststellte: »Jesus ist ganz in Ordnung«, dann muß man verstehen: »Wir selbst sind ganz in Ordnung«, – als Moralprediger oder Sozialisten, als Revolutionäre oder deutsche Führertypen, als brave Bürger, als »God-Killers« (so der amerikanische Spitzname für die »Gott-ist-tot-Theologen«) oder als Hippies! Die Farben zu dem jeweiligen Jesusbild stammen aus dem eigenen Malkasten. Jesus dient der Selbstbespiegelung, der Selbstrechtfertigung, der Selbstbestätigung. Er ist ein *harmloser* und vertrauter Jesus, er ist »assimiliert«, gleichgeschaltet, wirkt als »Systemstabilisator«. – Achtung! Hier muß sich jeder prüfen, der laut singt: »*Meinen* Jesus laß ich nicht . . .!«

Jesus, ja – Christus, nein

Kein Zweifel: der Jesus, von dem wir bisher sprachen, war zwar ein außergewöhnlicher Mensch, am Ende aber doch »ein Mensch wie wir«, nicht der auferweckte Herr, sondern der tote Mann aus Nazareth. Und all die Jesusbilder sind menschliche Wiederbelebungsversuche.
Mehr als »Funeral cosmetic« (amerikanische Methode, einen Toten »auf lebendig« zu schminken) kommt jedoch nicht dabei heraus, Make-up für einen großen Toten. Daß uns in der Bibel ein ganz anderer Jesus begegnet – der Jesus, in dem Gott selbst »vor Ort« kommt – das bleibt hier bewußt ausgeklammert. Ja, diese »Ausklammerungs«- oder »Amputations-taktik« macht die Konstruktion all der selbstgefertigten Jesusbilder erst möglich. Dabei wird stets nach derselben Schablone gearbeitet: Man konstruiert einen Gegensatz zwischen dem »*historischen Jesus*«, d.h. dem Jesus, wie er angeblich wirklich war (nämlich: Mensch wie wir), und dem »*dogmatischen Christus*«, d.h. dem Jesus, dem die Kirche dann angeblich einen mythischen Heiligenschein aufgesetzt hat (»Sohn Gottes«). Bei dem Aufklärer H. S. Reimarus (Lessing hat Teile seines Hauptwerkes unter dem Titel »Wolfenbüttler Fragmente« herausgegeben) funk-

tioniert das so: Der wirkliche, der »historische« Jesus ist ein jüdischer Schwärmer, der an die baldige Aufrichtung des politischen Messiasreiches glaubt und damit Anhänger gewann, – Menschen, die ohne Mühe einen Ministerposten im »Reich Gottes« erhalten wollten. Doch dann wird dieser Phantast, weil er Aufruhr predigt, liquidiert. Die Jünger sind nun in einer schwierigen Lage: »Zur alten Hantierung zurückzukehren, war ihnen zu sauer; die Freunde des Messias hatten auf ihren Reisen das Arbeiten verlernt« (A. Schweitzer). Doch die »dolce vita« muß fortgesetzt werden: So stehlen sie den Leichnam Jesu und verstecken ihn, dann treten sie öffentlich auf, fabeln von Auferstehung und Wiederkunft und setzen sich selbst ins »Apostelamt«. Kurz: die Faulheit und Schläue der Jünger hat aus dem »historischen Jesus« den »dogmatischen Christus« gemacht, auf den die Kirche dann hereinfiel. – Diese Methode läßt sich in der Geistesgeschichte in unendlich vielen Variationen verfolgen: Der göttliche Anspruch Jesu wird ausradiert, der Mensch Jesus bleibt übrig und wird – je nach Bedarf – aufklärerisch, bürgerlich, revolutionär, sentimental angemalt. Die neutestamentlichen Texte werden dabei stets vergewaltigt. Wo steckt das Motiv? Der selbstgemachte Jesus ist bequem und gemütlich (auch noch als Revolutionär)!

Jesus – der Christus

Kritisch wird's, wenn uns der wirkliche Jesus auf den Leib rückt. – Nicht der »Jesus made by us«, sondern der »Jesus made by God«. Der Jesus, in dem Gott selbst zu uns kam, für unsere Schuld starb – und damit zeigte, wie ernst es um uns steht! – und auferstand, unser Herr zu sein. Dieser Jesus ist nicht daran interessiert, daß wir etwas Attraktives und Modernes aus ihm machen. Er will etwas aus uns machen. Er fängt nicht damit an, uns zu bestätigen, sondern er redet sehr indiskret von unserer Schuld, von Umkehr, von Gehorsam. Da hört die Gemütlichkeit auf! Das ist »ein fremder Tropfen in unserem Blut«, da gibt's allergische Abwehrreaktionen. Da beginnt die Feindschaft. Das gehört auch zum Jesusbild in den verschiedenen Jahrhunderten.

Wir beobachten, wie Rosenberg Front macht gegen das »Opferlamm der jüdischen Prophetie«, Ernst Bloch gegen den »Zahlmeister« (der für unsere Schuld »bezahlt«). Der sympathische Jesus wird schlagartig zum bestgehaßten Mann, sobald er als *der für uns Gekreuzigte* vor uns steht: »Religiösen ein Skandal, Klugen dummes Zeug«.

Sind Jesusbilder »Geschmacksache«? Bei bloßen Jesusbildern mag das zutreffen. An dem »wirklichen« Jesus aber entscheidet sich Leben und Tod; da tritt die Krise ein. Paulus sagt: »Wenn wir sagen: Wir verstehen Gott nur, wenn wir das Kreuz ansehen, oder: Das Kreuz ist unsere einzige Rettung, dann empfindet das jeder, der nicht weiß, wie ausweglos verloren er ist, als Gerede. Für uns aber, die sich auf Christus, ihren Erlöser, verlassen, liegt darin eine Kraft unmittelbar von Gott.« (1. Kor. 1, 18)

Jesus provokativ – er stört uns

»Der Landsknecht verfluchte sein Pech. Immer mußte er unangenehme Kommandos haben, wenn einmal etwas richtig Lustiges in der Kaserne geschah. Er konnte die Lachsalven der Kameraden dort drinnen in der Wachstube hören, wo sie sich mit dem Judenkönig vergnügten. Und hier mußte er nun allein hinter ihm saubermachen.

Widerwillig nahm er die Geißel vom Steinpflaster hoch und schlug sie auf den Boden, damit das Blut und die Fleischfetzen abfielen. Die breiten Lederriemen knallten hart, und die Bleistücke, die in die Enden eingeknüpft waren, prasselten auf die Steine. Er sah sie prüfend an, fand sie annehmbar und trug sie an ihren Platz unter der Treppe. Dann begann er den Pfeiler abzuwaschen, an dem der Gefangene gestanden hatte, und schließlich hatte er noch den ganzen Hof zu kehren. Er steckte den Schwamm an einen Stock und zog ihn auf den Steinplatten hin und her. Es war merkwürdig, wie weit das spritzen konnte, wenn jemand eine Geißel mit dem rechten Nachdruck schwang. Endlich hatte er alles zusammengefegt und füllte die Schaufel mit einem schmutzigen Brei von Sand, Wasser, Blut und Hautfetzen, die er in die Ablaufrinne kippte. Dann schleuderte er die Putzgeräte in die Rumpelkammer, strich sich die Schweißtropfen aus der Stirn und eilte zu den anderen in die Wachstube.

Da drinnen war ein unbeschreibliches Juchhe.« (aus Bo Giertz, Mit eigenen Augen).

Man muß schon ziemlich abgebrüht sein, wenn einen das nicht packt. Dabei wird ja nicht etwa die Geißelung erzählt, sondern »nur« das Saubermachen danach, – erzählt nicht etwa mit den Augen der Mutter Jesu, sondern aus der Sicht eines hartgesottenen Soldaten, der nur den einen Kummer hat: Ich komme zu spät zum »gemütlichen Teil«.

Da möchte man in die Menschheit hineinrufen: Warum habt Ihr ihn so brutal zu Tode gefoltert? Woher dieser Sadismus, und wohin alle Humanität? Was hat er Euch getan? Die Antwort: dieser Jesus stört, er provoziert uns.

Nur für Sünder

Am Anfang der Jesusgeschichte wird uns – ganz programmatisch! – von seiner Versuchung berichtet. Um »messianische« Versuchung geht's da, d.h. der ganze Auftrag Jesu steht auf dem Spiel. Und alle taktischen Maßnahmen des Satans zielen auf *einen* Punkt: Das Kreuz muß verhindert werden!

»Jesus«, so der Versucher, »ich habe dir eine großartige Erfolgsstrategie anzubieten, drei ›todsichere‹ Tips. Folge mir, und alle, alle werden dir folgen! – Spürst du den Hunger in deinem Magen? Siehst du die Steine ringsum, eine Wüste voller Steine? Mach Brot daraus! Laß die Wüste leben und die Menschheit dazu! Die Grundfrage der Menschen ist nämlich die nach dem *Unterhalt*, die Magenfrage.«

Ich möchte mich in das Gespräch einmischen, möchte Jesus zuflüstern: »Herr, ja, das ist's. Das tu. Mir stehen Bilder aus Indien vor Augen: eine allmorgendliche ›Müllabfuhr‹; die Leichen der über Nacht Verhungerten werden abtransportiert. Ja, Herr, der Brecht hat recht: Erst kommt das Fressen, dann die Moral! Lös die Magenfrage!« Erschrocken höre ich, wie Jesus deutlich Nein sagt. Nein sagt er!

Provoziert Sie das?

»Jesus«, meldet sich der Satan wieder, »hör zu, mein zweiter Rat: So wichtig wie der Unterhalt ist die *Unterhaltung*. Nichts ist für die Menschen schlimmer als Langeweile. Die macht nervös, aggressiv. Spring von der Zinne des Tempels, faszinier die Menge durch Sensationen, werde ihr Super-Star! Fülle den Magen und das Hirn, gib Brot und Spiele. Und alle, alle folgen dir.«

Da kann ich nicht schweigen: »Ja Herr«, sage ich, »das ist's! Das tu! Haben nicht im Fernsehen die Unterhaltungssendungen die höchste Einschaltquote (die Shows, die Krimis, die Quizspäße, das ›Ohnesorgtheater‹)? Bekommen nicht die Stars und Entertainer die höchsten Gagen? Wer übertrifft sie an Popularität? Herr, der Tip ist gut! Mehr noch: Ich denke an all den Leerlauf bei jungen Menschen: an Alkoholismus, Drogenwelle, Sexneurosen!

Da ist z.B. ein begabter Abiturient aus begüterter Familie. Einen eigenen Wagen besitzt er, einen eigenen Videorecorder, eine kesse Freundin – und begeht Selbstmord. »Was soll denn noch kommen außer Leerlauf?« fragt er in seinem Abschiedsbrief. »Herr, löse sie – die Frage nach der Unterhaltung, tiefer noch: die Sinnfrage!«

Ich zucke zusammen, als ich deutlich Jesu zweites Nein höre. Nein, sagt er!

Provoziert Sie das?

Noch einmal der Satan: »Jesus, beachte meinen dritten Vorschlag. Unterhalt und Unterhaltung sind gut, doch *etwas Haltbares* gehört dazu. Stabile Verhältnisse (gesellschaftlich, politisch)! In einer Vision zeige ich dir den ganzen Globus – schaff darauf ein Weltfriedensreich!«

Ich kann nicht an mich halten: »Das, Herr, mußt du unbedingt tun. Denk an den ideologischen Streit und das Wettrüsten zwischen Ost und West, denk an das Nord-Süd-Gefälle! Denk an allen mörderischen Imperialismus und Rassismus, an Folter und Terror! Denk an die Eskalation im Bevölkerungswachstum, im Energieverbrauch, bei der Umweltverschmutzung. Herr, die Welt wird unregierbar. Herr, nimm den Globus in deine Hand, schaff etwas Haltbares. Das ist's! Das tu!«

Geradezu geschockt vernehme ich Jesu drittes klares Nein! Nein, sagt er an dieser Stelle.

Provoziert Sie das?

»Herr, ich verstehe dich nicht: Alle Menschen satt, alle zufrieden, alle in Sicherheit. Was soll denn sonst wichtig sein?«

Aber nun macht mir Jesus deutlich, geduldig und behutsam: Hinter dem dreifachen Nein steht nicht die Verachtung all dieser Nöte.

Die *Unterhalts*frage ist ihm nicht belanglos (hat er doch selbst gehungert und Hungernde gespeist), die *Unterhaltungs-*, die Sinnfrage ist ihm nicht gleichgültig (hat er doch Menschen zu sinnvollen Aufgaben gerufen: Folge mir nach!), die Frage nach dem *Haltbaren*, die Macht- und Friedensfrage ist ihm nicht unwichtig (ist er doch selbst unschuldig zu Tode gefoltert worden, hat er doch selbst gesagt: Selig sind, die Frieden machen).

Diese Nöte sind keine Bagatellen, um Tod und Leben geht's da! Aber diese Nöte sind für Jesus Symptome der einen Not, in ihnen meldet sich der tiefste Krankheitsherd. Wird der nicht beseitigt, dann wäre alles Symptom-Pfuscherei (wie wenn ein Zahnarzt die Karies mit Schmerztabletten statt mit dem Bohrer behandeln wollte). Die Mitte, der Krisenherd, die Brutstätte, heißt: die *Schuldfrage*. Das ist die Diagnose Jesu.

Ganz hart und steil stellt er das Wort »Sünde« in den Raum, unbekümmert, ob wir das »shocking«, unmodern, ja unzumutbar finden. Diese »Absonderung« von Gott ist der Herd aller Todesmetastasen. Wer die Magen-, die

Sinn-, die Friedensfrage stellt, ohne die Schuldfrage in der Mitte, der denkt »anthropozentrisch«, denkt von den Sehnsüchten und Bedürfnissen des Menschen her. Der tut so, als ob wir – wie Rebellen gegen Gott – noch irgendein anderes Recht vor Gott anmelden könnten, als das Recht auf unsere Hinrichtung. Das »Recht« auf Leben, Glück, Frieden – wir haben es verspielt.

Die Schuldfrage aber ist »theozentrisch« gestellt, da steht Gott und sein heiliger Anspruch im Zentrum. Würde ich die Magen-, die Sinn-, die Friedensfrage anfassen an der Schuldfrage vorbei, wäre das Verrat an meiner Sendung, wäre das Anbetung des Satans. Das Kreuz bleibt mir dabei gewiß erspart, aber euch bliebe das wahre Leben für immer verschlossen. Das ist meine Diagnose, sagt Jesus, meine Therapie aber heißt: Ich sterbe für euch.

Mein dreifaches hartes Nein
kommt aus dem tiefen Ja zu euch!

Wer ist dann Jesus, und was bedeutet sein Tod? Ich wage ein Bild: Ich stelle mir vor, Sünde wäre wie Altmetall, Schrott (jede Sünde ein Klumpen). Ich stelle mir vor, man würde alle Sünden aller Generationen und aller Kontinente aufhäufen – welch ein gigantischer Berg. Ich stelle mir vor, diese Masse würde eingeschmolzen, eine Plastik daraus gegossen. Wie würde sie aussehen – diese Figur aus nichts als Sünde? »Natürlich die Visage eines Hitler, nein, die Fratze des Teufels selbst«, meint da jemand. Das Neue Testament sieht das anders (Galater 3, 13; 2. Korinther 5, 21): Das Bild des gekreuzigten Jesus käme heraus, in ihm, der Sünde in Person, faßt sich alle Schuld der Menschen zusammen. Und diese »Sündenperson« Jesus wird von Gott verflucht, verdammt, gerichtet. Gott stellt sich gegen Gott, der Vater gegen den Sohn – aber das alles für uns. In Jesu Sterben ist un-

sere Sünde vernichtet. Das ist Diagnose und Therapie Gottes, anders ist der Menschheit nicht zu helfen. Nur Vergebung ist noch möglich. Provoziert uns das? Beleidigt das gar unsere Menschenwürde? Sind wir so sehr verloren, um so (nur so) gerettet zu werden?
Im Nazireich sind mehrere Pfarrer der bekennenden Kirche im Zuge unterwegs zu einer wichtigen Sitzung. Im Abteil ist noch ein Platz frei: Unvorstellbar, wenn da ein Fremder, gar ein Spitzel zustiege und die Gespräche belauschte. Man versucht, für den leeren Platz eine Fahrkarte zu kaufen und ihn so zu reservieren. Aber das ist unmöglich. Da öffnet einer der Pfarrer seine Aktentasche und entnimmt ihr ein Buch. Bei jeder Station preßt er das Buch mit der Titelseite gegen die Glasscheibe des Abteils. Und, sieh da, niemand möchte zusteigen, niemand sucht Eintritt in diese seltsame Gesellschaft. Wie der Buchtitel lautete? Auf rotem Grund war in schwarzen Buchstaben grell herausgehoben: »Nur für Sünder« (frei erzählt nach H. Fuchs, »Nur einer kann helfen«).

Jesus provoziert uns! Für Sünder ist er da, nur für Sünder, für Sünder exklusiv. Wer nicht Sünder sein will, findet keinen Zugang zu Jesus. Jedes Jesusbild, das nicht den »Sünder-Heiland« zeigt, ist Karikatur. Stört uns das?

Nur ich!

Mittagessen im Selbstbedienungsrestaurant! Spruchbänder machen Reklame: »Hier ist jeder sein eigener Koch!« »Jeder komponiert sein Menü selbst!« An einer langen Theke geht man entlang und »komponiert« ganz nach Belieben. Was macht's, wenn der Herr am Nebentisch Heringsalat und Erdbeerpudding miteinander verrührt? »Jeder nach seinem Geschmack?«

Es ist verführerisch, in Fragen des Glaubens und der geistigen Orientierung entsprechend zu denken. Religionsunterricht in der Schule würde dann eine voll bepackte Theke bedeuten, die alle Religionen, Ideologien, Weltanschauungen, philosophischen Modelle, pädagogisch schmackhaft zubereitet, anbietet. Man kann dann mit seinem Tablett entlanggehen und sein Menü ganz unbefangen zusammenstellen: Ist am Anfang als Aperitif ein scharfer Schluck Maoismus gefällig? Dann dünner Idealismus als Vorsuppe. Zum Hauptgericht ein saftiges Stück Christentum, je nach Wunsch mit marxistischem Paprika oder sanfter Hippie-Soße. Als Dessert wäre Transzendentale Meditation zu empfehlen.

Und nun: »Jesus provokativ«! Er stört auch hier. Mit einer Handbewegung fegt er unser raffiniertes »Tutti-frutti« vom Tisch und sagt: »Ich bin das Brot des Lebens«. »Ego eimi«, heißt's im Griechischen. »Ich bin's.« *Das* Leben, *die* Wahrheit, *der* Weg. Ich, nur ich, ich allein, ich, ganz exklusiv. »Ego eimi!«

Provoziert Sie das?

Daß ich wählen kann, das steht mir doch zu, ist mein demokratisches Grundrecht. Jesus sagt: »Bei mir nicht! Ich werde nicht gewählt, ich wähle meinerseits. Ich bin nie Objekt eurer Wahl, ich bin stets Subjekt. Ich bin nicht ein Artikel unter Tausenden im Warenhaus eurer Welt. Es ist keineswegs so, daß ich glücklich sein müßte, wenn clevere Religionsmanager für mich noch eine Marktlücke ausfindig machen. Bei mir stellt sich nicht das Angebot auf die Nachfrage ein. Ich wähle.«

Es ist also nicht so, daß jemand heute auf den spleenigen Einfall kommen könnte: Versuch ich's doch mal mit dem Christentum. Probier ich doch mal Jesus aus! Christ wird nur, wen dieser Jesus so ruft, so von innen überzeugt (nicht etwa von außen vergewaltigt!), daß er nicht mehr anders kann, als Jesus nachfolgen, weil er alle anderen

Wege als Holzwege erkennt. Christen sind nicht Menschen, die sich Jesus erobert haben, sondern solche, die vor ihm kapitulierten. Um es provokativ zu sagen: Wer noch etwas anderes werden kann als Christ, wer noch herumbummeln mag auf dem freien Markt der Möglichkeiten, der soll's ja tun!

Niemand muß Christ werden. Jeder hat das Recht, sein selbstgewähltes Menü auszulöffeln. Nur – dies »Ich bin!«, dies »Ego eimi« bedeutet: Ich allein gebe Leben, alles andere bringt nicht nur Magenkrämpfe, sondern den Tod. Paulus spitzt zu: Wer nicht an den auferweckten Christus glaubt, mag gleich das alte heidnische Schenkenlied anstimmen: »Laßt uns essen und trinken, morgen sind wir ohnehin tot« (1. Korinther 15, 32) Jesus oder das Nichts, heißt die Alternative. Provoziert Sie das?

In diesen Tagen hatte ich ein Gespräch mit einem jungen schwarzen Christen aus Nigeria. Fassungslos steht er vor der Erscheinung des Terrorismus in Deutschland. In Afrika oder Lateinamerika könne er das von den sozialen Verhältnissen her verstehen. Aber: »Was ist los mit Euch Deutschen?«

Wir haben miteinander nicht nach Ursachen, sondern nach dem Grund gesucht und kamen auf folgende Antwort: Da kommt ein Volk aus einer Epoche, in der jemand aufstand und rief: »Ich bin's! – das Leben, die Rettung«. Und eine Nation antwortete: »Sieg, Heil! Führer befiehl, wir folgen dir!« Dieser »Heiland« zettelte einen Weltkrieg an, ließ Millionen Juden ermorden, – die Welt ringsum traute Augen und Ohren nicht.

Auf diesen ersten Akt folgte nach Blut und Tränen, Scherben und Trümmern ein »Wunder«, das wieder die Welt kopfstehen ließ. Das »Deutsche Wirtschaftswunder«! Zauberworte wie »Wachstum« und »Bruttosozialprodukt« gingen um. Versandhauskataloge schwollen auf 1000 Seiten an! Es gab den Rausch der Steigerung, die Ideologie der Komperative: Immer mehr, besser, schneller, schöner, reicher, gesünder, bequemer ... Was aber ausblieb bei diesem zweiten Akt, war die Umkehr einer ganzen Nation, das allumfassende Bekenntnis: »Vergib uns unsere Schuld«; was ausblieb, war die Heimkehr zu Jesus Christus: Ein Vakuum entstand, in das die widerstreitenden Ideologien strömten.

Jetzt stehen wir im dritten Akt: »Ein Empfinden der Sinnlosigkeit wird immer stärker« (C. Fr. von Weizsäkker); Jugendalkoholismus (jeder Fünfte in der BRD ist gefährdet), Rauschgiftwelle (in Berlin gab's im Jahr 1977 bereits 60 Herointote; Mädchen von 14 Jahren werden Prostituierte, um »Stoff« kaufen zu können).

»Was ist los mit Euch Deutschen?« fragte der nigerianische Freund. Wir entdeckten miteinander: Ein Volk ist krank, von Fieber gepackt. Und nun steht der Eine da und meldet sich: »Ego eimi«. Ich bin der Heiland, der Retter! Das muß deutlich gesagt werden. Entweder gibt's in unserem Volk (aus dessen Geschichte sich auch die Jüngsten nicht herausstehlen können), in der jungen Generation einen Neuanfang, Rückkehr zu Jesus Christus oder aber es gibt fortdauernde Vergiftung, Todeskampf, Agonie. Christus oder Chaos – lautet die Alternative! Tertium non datur, sagt der Lateiner. Ein Drittes gibt es nicht. Provoziert Sie das?

Nur Nachfolger gesucht!

Da hat einer diese Worte »Ich bin's!« gehört, kommt gelaufen mit raschem Puls und glitzernden Augen: »Herr, du faszinierst mich!« ruft er von weitem schon. »Ich setze auf dich, finde dich toll, ganz große Klasse!« Jesus aber sagt: »*Fans* brauche ich nicht!«

Fans sind hingerissen von Begeisterung, trunken von Emotion. Fans stürmen nach einem Popkonzert die Bühne, reißen ihrem Star das durchschwitzte Trikot vom Leibe, hängen es gerahmt an die Wand. Fans (das Wort ist ja von »Fanatiker« hergeleitet) überspringen im Taumel die Wirklichkeit. Wie jenes junge Mädchen, das an der Leiche »ihres« Elivis Presley die Journalisten anfuhr »Schreiben Sie ja nicht, er sei fett geworden. Was man hier fotografieren kann, das stimmt nicht. In Wahrheit sieht er ganz anders aus ...«, und sie holt ein Jünglingsfoto des Stars hervor. Fans sind realitätsblind.

Ob es Jesus-Fans gibt? Leute, die beständig »happy und high« sind, »Halleluja« schreien und in ihrer »Apfelsinentheologie« alles in Orange sehen? »Jesus – besser als LSD«. »There ist no Jesus like show-Jesus«, hieß vor einiger Zeit ein Chanson. Aber Jesus sagt: »Fans brauche ich nicht. Ich bin kein Superstar, der von der Ekstase seiner Anhänger lebt. Ich suche nicht gefühlsmäßig Berauschte. Nachfolger rufe ich, Zeugen, Märtyrer, wenn's hart kommt. Wer sein Leben (bzw. sein Idol) mehr liebt als mich, ist mein nicht wert.« Jesus sucht für die kommenden Jahrzehnte Menschen, um sie feuerfest zu machen, konzentrationslagerbereit, hirnwäschestabil. Jesus ist nicht Star für Fans.

Provoziert Sie das?

Da kommt ein zweiter. Die randlose Brille, die allmählich sich lichtende Haarpracht zeigt den intellektuellen Typ: »Jesus, ich habe die Bergpredigt studiert (im Urtext sogar), habe sie lange reflektiert. Welch ein ethischer Entwurf! Manna für mein Gehirn ...« Jesus bleibt gelassen: »*Sympathisanten* suche ich nicht.« Fans sind emotional berauscht, Sympathisanten intellektuell elektrisiert. Wenn Fans johlend die Bühne stürmen, steht der Sympathisant mit dem Fernglas hinter der Gardine. Zuschauer bleibt er, findet die Bewegung interessant. Aber er wird sich nie die Hände schmutzig machen, wird nie sein Leben riskieren. Er liebt bloß per Distanz. Jesus sucht nicht Sympathisanten, er ruft Menschen, die sich senden lassen »wie Schafe zwischen die Wölfe«. Jesus ist nicht intellektueller Anreger für Sympathisanten.

Provoziert Sie das?

Da purzelt der dritte herein, etwas korpulent, schon außer Atem. So ist er gelaufen, mitgelaufen, nachgelaufen. »Ich habe eine Freundin, die sagt: Jesus ist wichtig. Um ihretwillen komme ich. In unserer Schule gibt's einen Gebetskreis, der ist mächtig schick. Sogar der Primus macht mit. Jesus, du bist ›in‹ bei uns. Da werd' ich doch nicht im Abseits stehen.« – Wieder Jesu ruhige Stimme: »*Mitläufer* suche ich nicht.« Ebbt die Jesuswelle ab, ist er mit der Strömung verschwunden. »Ich auch« ist sein Lieblingswort, »mit« die Präposition, die er über alles schätzt. Wie ein toter Fisch treibt er mit dem Fluß.

Schon zu Jesu Lebzeiten folgt der Jesuswelle die Ebbe. Steht nun Jesus da und beschwört die Zwölf: »Ihr meine Getreuen, laßt wenigstens ihr mich nicht im Stich?« Ringt er beschwörend die Hände wie ein Vereinsvorsitzender, dem die Mitglieder weglaufen? Nein, er breitet die Arme aus, öffnet den Horizont nach Ost und West, Nord und Süd: »Bitte, wollt ihr nicht auch weggehen, ihr auch mit den anderen?« Jesus sucht Leute, die dann antworten: »Herr, wohin denn? Die Welt, so weit sie ist, ein Gefängnis ist sie ohne dich! Das Leben, so bunt es ist, nichts als Tod ist es ohne dich! Herr, als du für mich starbst, habe ich meinen Wert entdeckt: Einen Christus bin ich bei dir wert. Schick mich nur nicht fort.«

Zeugen sucht Jesus, nicht berauschte Fans, deren Gefühl braust, nicht interessierte Sympathisanten, deren Hirn tickt, nicht verschwitzte Mitläufer, die »Ich auch« flüstern.

Nachfolger sucht er (»Der nehme sein Kreuz auf sich«),

Märtyrer, wenn's darauf ankommt. »Sei ganz sein oder laß es ganz sein!« sagten die Väter im Glauben.

Provoziert Sie das?

Die Jesus-provokation

»Nur für Sünder!« – »Nur ich!« – »Nur Nachfolger gesucht!« – drei provozierende Sätze. Es ist seltsam mit der Vorsilbe »pro«. Beim Stichwort »pro-testieren« etwa denken die meisten an Dagegen-sein (Contra). Worte wie »Krach-schlagen«, »Nein-schreien« fallen ihnen ein. Spruchbänder mit aggressiven Parolen sehen sie vor sich. Aber pro-testieren (lateinisch: testare pro) heißt: *Für* etwas Zeugnis ablegen. In diesem Sinne möchte ich »Pro-testant« sein, einer, der für Jesus die Stimme erhebt.

Bei »pro-vozieren« ist's ähnlich. Viele assoziieren da »ärgern, reizen, stören, erzürnen, in ein Wespennest stechen ... « Aber pro-vozieren (lateinisch vocare pro) heißt = nach vorn rufen. Leute, die irgendwo hinten sitzen, noch schlafen, in Verstecken hocken, Zurückgebliebene, Hinterwäldler und Hinterbänkler nach vorn rufen. Provozieren heißt: »Kommt doch endlich!« Provozieren heißt: Die ewig Gestrigen hineinrufen in die Zukunft, die Jesus Christus heißt. Mit Schrecken höre ich manchmal Christen sagen: »Wie schön, daß es noch junge Menschen gibt, die die Bibel lesen!« Wieso »noch«? Sind denn Christen schon überlebte, »museumsreife Antiquitäten, »Leitfossilien« für Archäologen und Archivare?

Weil Jesus die Zukunft gehört, darum gibt's *schon* Christen. Weil Jesus die neue Welt schafft, darum sind Christen Avantgarde, nicht Nachhut, tragen dem Neuen die Fackel voraus, nicht dem Alten die Schleppe nach.

So möchte ich Sie nach vorn rufen, vorwärts in das lohnende Leben. Das Morgen und die Ewigkeit gehören einem Wort, einer Vokabel: Ein Name, zwei Silben, fünf Buchstaben:

JESUS. Das ist alles? Alles!

Ob Sie das »pro-voziert«?

Buße – Gottes Geschenk an uns

Motto: »Ich predige, was ich selber brauche, Buße und Vergebung der Sünden« (Ludwig Hofacker).

A. Buße – Was ist das?

Zwei Bilder stelle ich einander gegenüber – Welten liegen zwischen ihnen.

1. Leuchtende Augen

Nachum von Gimso, der fromme Rabbi, – so erzählt eine jüdische Legende – treibt einen Esel, mit Brot und Früchten bepackt, vor sich her zum Lehrhause. Brütende Mittagshitze umfängt ihn. Wacht er oder schläft er, geht oder taumelt er? Da drängt ein halbverhungerter Bettler an ihn heran, über und über bedeckt mit Geschwüren, ekelhaft stinkend. Bittend streckt er die magere Hand aus. Nie ist Rabbi Nachum einer Bitte ausgewichen; aber jetzt – schier betäubt von der Sonnenglut – erwidert er mürrisch: »Warte gefälligst, bis ich dir etwas herausgesucht habe!« – Unlustig trottet der Rabbi hinter seinem Tier her, holt es ein, fingert an den Körben herum, greift sinnlos dahin und dorthin. Da – hinter ihm ein durchdringendes Stöhnen. Er wendet sich. Der Bettler liegt ausgestreckt im Sande – tot. Rabbi Nachum wirft sich über ihn, will ihn speisen, tränken – doch umsonst. Da hebt er die Hände zum Himmel: »Gerechter Gott! Mir gebührt Strafe. Durch mein Versagen ist dieser Mensch verdorben. Meine trägen Füße mögen erlahmen, meine faulen Hände verdorren, meine unwilligen Augen erblinden, seine Krankheit – mein Leib soll sie tragen!« – An jenem Tage erkrankt der Rabbi, wird lahm und blind, seinen

Körper bedecken Geschwüre. Verwesungsgeruch umhüllt ihn. – Da besucht ihn Rabbi Akiba, sein Schüler, sieht ihn und schreit: »O weh mir, daß ich dich so sehen muß, du Frommer!« – Doch Rabbi Nachum lächelt: »Wohl dir, Akiba! Was du siehst, ist Gottes Gnadenzeichen: Er gewährt mir zu büßen an meinem Leibe und in diesem Leben, so daß ich unversehrt bin an meiner Seele und in jenem Leben. O Akiba«, sagt er und seine erblindeten Augen leuchten auf, »preis mit mir den gütigen Herrn: *Ich darf Buße tun!*«

2. Augen voller Tränen

Der Hof des hohenpriesterlichen Palastes bei Nacht. Zwischen Soldaten, die sich am Feuer wärmen, ein Fischer aus Galiläa. Zischelnde, drohende Stimmen: »Auch du warst mit dem Jesus von Nazareth!« Da hebt der Fischer seine Hand zum Schwur, ruft Gott zum Zeugen an und Gottes Fluch auf sich herab: »Ich kenne den Menschen nicht.« – Und alsbald krähte der Hahn. Der schrille Ton, Wecker Gottes, Trompete des Jüngsten Gerichts, zerreißt Bann und Wahn: »Wer sein Leben erhalten will, der wird's verlieren.« Und er ging hinaus und – erhängte sich. Nein, so endet doch die Geschichte des Judas, nicht die des Petrus! Doch der Unterschied liegt nicht in der Qualität des Petrus begründet. Lukas gibt den Schlüssel (22, 61): »Und der Herr wandte sich um und sah Petrus an.« Das Geheimnis liegt in den Augen Jesu: nicht bittere Resignation ist darin, nicht der letzte Triumph eines Gescheiterten (»Siehst du!«), nicht Verurteilung, – nichts als Liebe: »Simon Jonas, gerade jetzt bin ich dir nahe. Weißt du jetzt, warum ich hier stehe: den Fluch, den du auf dich herabgerufen, ich nehme ihn auf mich.« So die Sprache der Augen Jesu. Und Petrus ging hinaus und weinte bitterlich. Tränen der göttlichen Traurigkeit, Tränen, die Gott abwischen wird. – Und der Herr wandte sich um. Daraus, allein daraus, wächst die Umkehr des Petrus.

3. Alter oder neuer Äon – Ich oder Er

Leuchtende Augen eines Blinden, Jubel eines Sterbenden: Ich darf Buße tun. Ergreifend! Und doch alter Äon, Gesetz, Tod! Büßen darf ich, abbüßen – gewiß, mit Gottes Hilfe, unter Gottes Gnade, aus seinem Erbarmen, aber doch *Ich*, ich darf's tun. Das ist Buße am Horizont der alten Welt: Selbstbehauptung noch bei verwesendem Leibe, Selbstbehauptung im Preisen der göttlichen Güte, Selbstbehauptung gerade in der Buße. Das alte Thema ist festgehalten: Es heißt ICH.
Augen voller Tränen, ein gebrochener Mann. Und doch neuer Äon, Evangelium, Leben! Da weint einer am eigenen Sarg, steht vor dem eigenen Leichnam. Nur eins kann noch retten: Vergebung der Sünde, Auferweckung aus dem Tode. Da hat das alte Thema keinen Platz mehr, das ICH ist tot, da bricht das neue Thema an: *ER, ER, – DU!*
Petrus hat dafür gesorgt, daß man die Geschichte von Jesu Passion nie erzählen kann, ohne von des Petrus Schuld zu reden. »Eben ... weil ihm Jesus Vergebung gewährt hat, bekannte er seine Schuld«, und so hören wir die »mächtigste Beichte, die je im Verlauf der menschlichen Geschichte abgelegt worden ist« (A. Schlatter).

4. Verwandlung unter den Augen Jesu

Zwei Bilder – zwei Welten! Nüchtern und begrifflich stellt der Theologe fest: Bei Jesus haben Buße und Heil ihren Platz vertauscht: Heißt der Weg des Rabbi Nachum *durch Buße zum Heil* und bleibt darin ein Weg der Selbstbehauptung auch bei scheinbarer Selbstpreisgabe, so heißt der Weg, den Jesus seinen Jünger führt: *durchs*

Heil zur Buße. Gottes Güte steht am Anfang, und so geschieht Befreiung aus der »Mittelpunktshaltung« zum Bekenntnis: Herr ist Jesus! Unter den Augen Jesu vollzieht sich der Schritt vom ICH (das sich noch im Verwesen festhalten will: ICH darf Buße tun) zum ER: Er hat alles für alle getan.

Was ist Buße?

> *Buße ist die unter den Augen Jesu geschehende, von seinen Augen bewirkte Verwandlung unseres Lebens in sein Bild hinein* (»Wir alle aber schauen ... die Herrlichkeit des Herrn ... und werden so in dasselbe Bild verwandelt von einer Herrlichkeit zur andern«, 2. Kor. 3, 18).

Dieser Grundsatz »Jesu Augen wirken Umkehr« soll im Folgenden dreifach entfaltet werden: Sie wirken

B I Umkehr zum Glauben
B II Umkehr zur Liebe
B III Umkehr zur Hoffnung

B I Unter Jesu Augen geschieht **Umkehr zum Glauben**

1. Jesus erweckt den Glauben

a) Das Neue im Wirken Jesu

Adolf Schlatter hat in seinem bahnbrechenden Werk »Der Glaube im NT« herausgestellt: die Art, wie Jesus vom Glauben spricht, zum Glauben ruft, den Glauben schenkt ist »in der religionsgeschichtlichen Umgebung völlig neu«.

Was sagt die Umwelt? Sie stellt dem Menschen die Diagnose: Du mußt neu werden! Sie bietet ihm als Therapie: Du kannst neu werden, wenn ... und verspricht ihm gangbare Wege. Insofern ist das Thema aller Religionen und aller Ideologien *der neue Mensch*; alle wollen Buße, Bekehrung, Wiedergeburt. Darum kommt hier alles auf den Unterschied an zwischen Religion und Jesus Christus, zwischen Gesetz und Evangelium.

Wie sagt es die Umwelt? Sie sagt es in der Form des Imperativs, als Appell an die drei Grundvermögen des Menschen – an Wollen, Fühlen, Denken.

»Mensch, *wollen* sollst du!« – das ist der Imperativ des Judentums. Da steht das Gesetz vor dir. Geh hin, tu's. Die Gebote sind praktikabel. Sie zu erfüllen, steht in deiner Macht. Du kannst, darum sollst du auch!

»Mensch, *fühlen* sollst du!« so lautet der Imperativ der Mysterienreligionen: Laß dich einweihen ins Geheimnis. Im Rausch, in der Ekstase, im Enthusiasmus wirst du emporgetragen über die Welt der dumpfen Materie, emporgerissen über dich selbst, entrückt in die Gottheit und ins Licht der Unsterblichkeit! Tu's! Du kannst, darum sollst du auch!

»Mensch, *denken* sollst du, neu denken, umdenken!« erklingt der Imperativ der Philosophie (etwa der Stoa). Erkenne, daß in dir, dem Mikrokosmos, derselbe Geist (Logos) waltet, der den Makrokosmos beherrscht. Lebe diesem Logos gemäß, dann wirst du heil. Tu's! Du kannst, darum sollst du auch!

So rufen die Heilslehren zur Zeit Jesu. In ihrer Grundstruktur sind sie zeitlos, auch heute aktuell: der Ruf zum Wollen und Tun – die weltverändernde Praxis des Marxismus; der Ruf zum Fühlen in allen meditativen und ekstatischen Bewegungen bis zur Drogenwelle; der Ruf zum Denken in allem Rationalismus, aller Wissenschaftsgläubigkeit. Solche »Religion« ist auch die ständige unterschwellige Bedrohung unseres Christenglaubens. – Vorausgesetzt ist stets die Umkehrfähigkeit des

Menschen. Er kann. Er soll. Die Appelle richten sich an den »alten Adam« und seine Fähigkeiten.

Jesus aber tritt in diese Welt der Forderungen und ruft: »Kommet her zu mir, ihr Mühseligen und Beladenen« (Matth. 11, 28). »Ich gebe euch Ruhe!« – »Fürchte dich nicht, glaube nur!« – Dieser Ruf aber – und das ist das Evangelium – fordert nicht, sondern schenkt. Er setzt die Energie nicht bei uns voraus, sondern bringt sie mit. Er ist stets Totenauferweckung: »Lazarus, komm heraus«! Du kannst nicht, aber eben deshalb komme ich ja.*Du darfst, weil ich kann.*

b) Jesus nimmt die Furcht

Das »uns« in unserm Thema fordert auf, persönlich zu reden. So sage ich's persönlich von mir her und denke, es dabei modellhaft für uns alle zu sagen.

Ich habe den Ruf Jesu immer wieder »gesetzlich« mißverstanden, habe Appelle gehört und dabei nicht in die Augen Jesu, sondern auf mich selbst geschaut. Ich habe die neuschöpferischen Imperative Jesu (das »Glaube nur!«) verwechselt mit den religiösen Appellen an den alten Menschen. Ich sehe darin die Grundgefährdung meines Christseins.

Drei *Mißverständnisse* möchte ich beleuchten, die religiösen Ansprüche ans Denken, Fühlen, Wollen werden dabei wiederkehren und sollen mit dem freimachenden Evangelium konfrontiert werden.

aa) »Du mußt *richtig denken!*« Ich habe als Schüler gekämpft gegen meine intellektuellen Zweifel (durfte ich dabei Jungscharstunden halten?), habe mich herumgeschlagen mit Gedanken der Lästerung gegen den Heiligen Geist (von dem Gefürchteten und Verabscheuten wurden die Gedanken geradezu magisch angezogen, ein »Teufelskreis«), kein Theologiestudent wird am Problem der »intellektuellen Redlichkeit« vorbeikommen...

Da tritt Jesus vor mich und sagt: »Fürchte dich nicht, glaube nur. Schau weg von dir, sieh in meine Augen. Ich kenne deine Gedanken und Zweifel von ferne. Aber sieh, ich liebe dich ›brutto‹, ganz inklusiv. Deine gedanklichen Probleme darfst du vor mir ausbreiten, darfst vor mir zweifeln. Ich sage dir zu: Der Friede Gottes, höher als alle Vernunft (die deine eingeschlossen), ist eine Schutzwacht auch um dein Denken (Phil. 4, 7)«. – Nun darf ich aufatmen. Weite gewinnen und mich freuen. Beispielhaft steht mir dabei Karl Heim vor Augen, der in seinem ganzen theologischen Werk praktiziert hat: Kein Gedanke kann mich von Christus trennen. Solange ich noch irgendeinen Gedanken, der je gedacht wurde, aus Philosophie oder Fremdreligion, aus der Diskussion Glaube und Naturwissenschaft, aus konservativer oder modernistischer Theologie, irgendeinen Gedanken, der mich von außen erreicht oder von innen in mir aufsteigt, *fürchten* muß, so lange glaube ich nicht: Herr ist Jesus! Das Verdrängen »gefährlicher« Gedanken macht nicht frei, sondern fanatisch. Umkehr unter den Augen Jesu heißt: Nun kann ich die Furcht vor meinen eigenen Gedanken und denen anderer Leute hinter mir lassen, sie ihm überlassen. Ich darf unter seinen Augen denken, fragen, forschen, zweifeln. Er hat mir seine Gedanken verheißen.

bb) »Du mußt *kräftig fühlen!*« Über eine »anständige« Bekehrung hatte ich feste Modell-(Klischee-)Vorstellungen: Sündenbewußtsein, Schmerz, vielleicht Tränen, der Weg in die Aussprache, dann der totale Umschlag: Friede, Freude, Jubel, strahlende Gewißheit. Alles voll Halleluja! – Ich habe als Junge von etwa neun Jahren erstmals erfahren, was Sündenerkenntnis bedeutet, wie Beichte befreit, – aber war das schon das große Erlebnis, senkrecht von oben und himmelstürmend? So kräftig fühlen, so gewaltig erleben, daß kein Zweifel mehr möglich ist! Vielleicht so, wie's Pascal widerfuhr. Datieren kann er's: 23.11.1654 von 22.30 Uhr bis 0.30 Uhr. Und eine Wucht ist darin, daß nur noch Satzfetzen dastehen, ekstatische Urlaute: »Feuer – Gott Abrahams... Isaaks... Jakobs, nicht der Philosophen und Gelehrten. Gewißheit, Empfindung, Freude, Friede... Freude, Freude, Freude, Tränen der Freude.« Und bei mir das Schwanken: »Jetzt hab ich's« – »Nein, doch nicht!« Dauerhaft muß es sein, stabil, nicht momenthaft. Wann endlich?

Da kommt Jesus und sagt: »Fürchte dich nicht, glaube nur. Schau weg von dir, schau mir in die Augen, ich kenne deine Gefühle und ihr Auf und Ab, kenne dein trotziges, verzagtes Herz. Nun laß Fieberthermometer und Blutdruckmesser. Ich sag dir's doch: Du bist mein, in mir erwählt vor Grundlegung der Welt (Eph. 1, 4). Nicht nur ehe du denken, fühlen, wollen, zweifeln und sündigen konntest, sondern längst, ehe du existiertest. Lies! Da steht's: »Mein bist du!« Nun kann ich aufatmen! Meine Gefühle schwanken. Was tut's: Sein »Gefühl« für mich bleibt sich gleich. Nun kann ich die Sucht nach großen Erlebnissen hinter mir lassen und die Furcht vor depressiven Stunden dazu: Gott ist treu!

cc) »Du mußt *tüchtig wollen!*« Heiligungskampf! Sieghaftes Leben, Triumph über die Sünde! – Und ich falle immer wieder auf die Nase! Aufstehen! Weitermachen! Beten! Bibellesen! Zucht! Hilft denn auch Gottes Hilfe nicht?

Ich las von einem schlichten Siegerländer Gemeinschaftsmann. Klug war er, von festem Willen, nüchtern. Ergriffen erzählte man sich in den Dörfern, als reifer Mann und Christ sei er den eineinhalbstündigen Weg zum Bergwerk mit wildem Weinen gegangen. Er selbst erzählte später davon: »Was hat man sich gequält! Wie haben sie uns hineingetrieben in die Heiligung, unter das

Gesetz; der liebe Pastor X, die Brüder in der Stunde! Wie haben sie uns immer wieder den Rücken blutig geschlagen und in der nächsten Stunde, statt Öl und Wein einzugießen, uns neu geschlagen!« Die ganze Gemeinde wurde von diesem Sterben unter dem Gesetz mit erschüttert. Ist das Heiligung? – Am schlimmsten scheint mir der Satz »mit Gottes Hilfe«. Das elende Kooperationsmodell: Gott hilft dir, d.h. Gott tut – *fast* alles! Aber eben fast! Er hilft dir, tut 99,9 Prozent. Aber eben im »winzigen« Rest, da steckt's: der Teufel im Detail.

Da tritt Jesus vor mich und sagt: »Fürchte dich nicht, glaube nur. Sieh auf mich: Ich bin deine Heiligung. Ich bin der Herr, dein Arzt. Überlaß dich mir, wie ein Patient sich in die Hand des Chirurgen gibt. Sieh in meine Augen, da ist alles: Röntgenstrahlen, Radiumstrahlen, Höhensonne.« – Da helfen mir die Väter und Brüder – besonders L. Hofacker: »Der Mystiker will über sich wachsen, wir aber ›unter sich‹ ... Er meint, aus seiner alten Natur, wenn auch *mit Hilfe Christi*, noch etwas machen zu können, und das ist erlogen ... Solange man durchs *Gebet* noch etwas aus sich selbst herausschlagen will, so steht's nicht richtig.«

Gott selbst schafft alles – Wollen und Vollbringen (Phil. 2, 13). Da darf ich aufhören mit dem Krampf des Selbermachens und der Selbstbeobachtung. Weg mit dem »mit Gottes Hilfe«, es heißt: *»in Gottes Kraft«*. Sola gratia! Er hat das gute Werk angefangen, er wird's vollenden. Seine Ehre hat er verpfändet. Die Sach ist dein ... Jesu Augen wirken Umkehr – Umkehr zum Glauben. Sie »faszinieren« so, daß sie die meinen von mir wegziehen. Hab ich schon keinen großen Glauben, hab ich doch einen großen Gott. Von dem Siegerländer Bruder heißt es: »So kühn waren seine Gedanken, daß er oft mit einem fast allzu verwegenen Satz, der doch genau das Richtige meinte, der gerade darin ein Satz des Glaubens war, sagte: ›Mein

Glaube? Ich habe keinen Glauben. Gott ist mein Glaube!‹«

B II. Unter Jesu Augen geschieht
Umkehr zur Liebe

1. Viel Vergebung – viel Liebe

»Ihr sind viele Sünden vergeben worden, darum hat sie mir viel Liebe erzeigt, wem aber wenig vergeben ist, der liebt wenig« (Luk. 7, 47). Dieses Jesuswort steht am Ende einer erregenden Szene: Ich erzähle die Begegnung mit der »großen Sünderin« aus einer doppelten Perspektive – zunächst mit den Augen des Pharisäers Simon, dann mit denen Jesu.

Simon hat seine Freunde geladen und Jesus dazu. Dem Wanderprediger aus Nazareth soll diskret auf den Zahn gefühlt werden. Man liegt zu Tische beim festlichen Mahl. Da öffnet sich die Tür. »Unerhört! Die! Die Hure aus der verrufenen Gasse. Daß sie bei Nacht den Männern nachstellt, das weiß man. Aber am hellichten Tage in die Runde der Frommen einzubrechen! Sodom und Gomorrha! Parfüm hat sie in der Hand. Das alte Dirnenmittel, die Vernunft zu betäuben und die Sinne zu kitzeln. Da! Sie berührt Jesus, legt ihr Gesicht auf seine Füße, näßt sie mit Tränen. Wie geschmacklos! Ekelhaft! Jetzt – ihr Haar löst sie auf, – alter Hurentrick der Verführung. Schluß jetzt! Pfui! Und er – der Prophet? Nach hinten hätte er austreten müssen – den Fuß mitten ins geschminkte Dirnengesicht. Nichts davon. Durchschaut ist er nun: der Zöllner und Sünder Kumpan!« – Nun die Sprache der Augen *Jesu*: »Simon, ein ›Freudenmädchen‹ nennt ihr sie. Weißt du, daß ihr jetzt zum ersten Male die Freude begegnet ist. ›Liebe‹ sagt ihr, sei ihr Geschäft. Weißt du, daß ihr heute die Liebe widerfuhr. Eine ›Maschine‹ sei sie, Objekt fremder und eigner Lust. Siehst du ihre Tränen; heute fällt die Maske, Mensch darf sie werden, Geschöpf Gottes. Gewiß, das Parfüm stammt aus dem Bordell, ihre Haare hat sie aufgelöst. Aber merkst du nicht: unter den alten Mitteln, den alten Gesten ein neuer, neu geborener, verwandelter Mensch. Simon, ihr ist viel vergeben worden, darum liebt sie viel. Simon, du Gerechter, von Vergebung weißt du nichts, was weißt du von Liebe?« – Welch ein Wunder! Ein verlorener Mensch wird lebendig, Liebe wird in ihm erweckt: eine Liebe, die über Sitte und Konvention hinwegspringt, Dämme wegspült, nicht an sich halten kann. Und ein Gerechter steht mäkelnd, vertrocknet, erstarrt beiseite! *Vergebung* – dies Wort steht in der Mitte. Urwort der neuen Welt, Wunder aller Wunder. Aus Gottes Agape kommt sie, der grundlosen, ganz spontanen, ganz kreativen, nicht unseren Wert abschätzenden, sondern ganz neu setzenden Liebe, mit der Gott uns Rebellen überschüttet (Röm. 5, 8, 10). Zur Liebe führt sie – zur Liebe, die Echo ist, Umkehr vom Ich zum Du.«

Jesus vergibt. – Er *vergißt* nicht. Das ist zu wenig. Vergessen ist nur eine intellektuelle Fehlleistung: Etwas »entfällt« mir, kann mir aber jederzeit wieder »einfallen«. – Er *verzeiht* nicht. Das schafft nichts aus der Welt. Verzeihen ist nur Verzicht aufs »Zeihen«, auf Anklage und Anzeige. – Er *versteht* nicht, jedenfalls nicht im Sinne des Sprichworts »Alles verstehen, heißt alles verzeihen.« Er solidarisiert sich in keiner Weise mit unseren egoistischen Zielen. Er nennt Sünde schonungslos beim Namen. Aber er *vergibt*. Da wird die Schuld wirklich weg (=ver)-gegeben, auf ihn gelegt. Er nimmt sie mit in seinen Tod, löscht sie darin aus. Vergeben ist allein Gottes Geschäft, denn Vergebung ist stets ein *Schöpfungsakt*: Aus Nichts wird Etwas (1. Mose 1!): Aus einer Hure ein Gotteskind! Und umgekehrt: Aus Etwas wird Nichts. Real vorhandene Sünde wird real und rechtens vernichtet, ist nicht mehr da! Jesu Regel ist ganz schlicht: Wo viel Vergebung – da viel Liebe. »Wo Vergebung der Sünden ist, da ist Leben und Seligkeit« (Luther) – *und Liebe*, Grenzen übersteigende, Unerhörtes wagende Liebe. Nur ein Thema kennt sie, nur eine »Passion« hat sie: ER. Darum: Weil dir viel vergeben ist, »blüh' auf, gefror'ner Christ« (Angelus Silesius)!

2. Der Weg über allen Wegen
(1. Kor. 12, 31b)

Im Folgenden betrachten wir drei Wege, drei Ansätze menschlichen Handelns, menschlicher Ethik und sehen, wie der »Höhenweg der Agape« über sie hinausgeht, sie als »alte Welt« hinter sich läßt.

a) Liebe ist mehr als Pflicht

Pflicht ist groß, die Liebe ist größer. Da sitzt der Rabbi und studiert die Thora: 613 göttliche Verordnungen = 248 Gebote und 365 Verbote, dazu die detaillierten Ausführungsbestimmungen der Ältesten (Darf ich ein Ei essen, das ein unvernünftiges Huhn am Sabbat legte?). Ein engmaschiges Netz von Kasuistik überzieht alle Lebensbereiche. Und doch hat es Lücken. Der Rabbi wiegt den Kopf: In diesem Falle bin ich da jetzt »gebunden« (d.h. es liegt ein Gebot vor), bin ich in Pflicht genommen? Oder bin ich »gelöst« (d.h. hier gibt's – noch – keine Bestimmung), darf ich hier mein eigener Herr sein? – Welches Glück! Hier bin ich »gelöst«, endlich einmal. – So zielt alle Pflicht auf die *Grenze*, atmet »gelöst« – erlöst auf, wenn sie erreicht ist. »Wie oft muß ich vergeben? Ist siebenmal genug?« (Matth. 18, 21 f). Petrus, du möchtest beim achten Mal mit gutem Gewissen zurückschlagen können.

Eine Ethik der Pflicht ist zugleich eine *Knechtsethik*. Pflicht steht gegen Neigung, sagt Kant. Da bleiben Seufzen und Unlust nicht aus. Der ältere Bruder im Gleichnis (Luk. 15) murrt: »So viele Jahre diene ich dir (wörtlich: ›als Sklave‹), und du hast mir nie einen Ziegenbock gegeben!« Der Vater ist bestürzt: »Aber, mein Sohn, was mein ist, ist auch dein! Warum hast du denn nicht frei zugelangt? Warum siehst du mich als Tyrannen, dich als Sklaven? Dein Vater bin ich, sei doch endlich mein Kind. Kehr um in die Freude!«

Das Handeln der »Reichgottesarbeiter« – ist es *Pflichtethik* oder durchpulst von *Jesu Liebe?* – Die Pflicht fragt: Wer ist mein Nächster? (Der doch wohl nicht!); die Liebe schaut sich um: Wem kann ich Nächster sein? – Die Pflicht fragt: Was ist erlaubt (Mitteldinge!), die Liebe: Was dient der Sache, bringt vorwärts? – Die Pflicht sagt: Wie lange muß ich das und den noch ertragen?; die Liebe »duldet alles«. – Die Pflicht fragt: Wann ist's genug? Die Liebe sagt: Genug ist nicht genug! – Die Pflicht sagt: Mir stehen auch Rechte zu! Die Liebe will von der Gnade leben. – Die Pflicht will den Feierabend; der Liebe wird der Dienst zum Fest. – Die Pflicht will Ordnung, die Liebe erfindet phantasievoll Außerordentliches. – Die Pflicht hat feste Programme und Termine; die Liebe läßt sich gern stören (»My boy, it is the Lord!«). – Alle Pflicht braucht den Kompromiß; die Liebe geht aufs Ganze. – Alle Pflicht kommt ans Ende; die Liebe »höret nimmer auf«. – Die Pflicht sagt: Du, du, du … aber endlich auch ich, die Liebe: Du allein. – Die Pflicht fragt: Muß ich mich denn im Dienst meines Herrn »kaputtmachen«, aufreiben bis zum Herzinfarkt? Die Liebe weiß: »Der Herr ist gut, in dessen Dienst ich steh'«. Niemand ist um mein zeitliches Wohl und mein ewiges Heil zärtlicher besorgt als er. Er ist mein »Abba«, und wie eine Mutter tröstet er.

b) Liebe ist mehr als Tugend

»Tugend« meint Tüchtigsein, Starksein, Sich-selbst-Entfalten, moderner: Selbstfindung, Mit-sich-identisch-werden, Emanzipation. – »Fromm« gesprochen: Ich will eine geistlich durchformte, gereifte, geheiligte christliche Persönlichkeit werden, zu der andere aufschauen können. (Vielleicht schreibt gar einer eine Biographie über mich, die anderen Depressionen einflößt.) – Alle »fromme« Tugend zielt auf Selbstdarstellung (noch im Verwesen: ICH!), alle Liebe will Selbst-hingabe. – Die Rebe am Weinstock will sich entfalten. Aber es wird nur Wildwuchs daraus. Da schneidet der Winzer sie zurück, und sie wird fruchtbar. Selbstentfaltung heißt: Ich, die Rebe, will schön werden, rund, voll, bewundernswert. – Liebe heißt: Ich will in die Kelter, will Lebenssaft werden für andere.

Wer die biblischen Geschichten von Abraham, Elia, David, von Petrus, Paulus und anderen recht auslegen will, der beachte wohl: Sie sind nicht religiöse Biographien großer Gottesmänner (geschweige denn fromme »Heldensagen« von »Glaubenshelden«); sie sind »*Theographien*«. Sie alle bezeugen: Gott schreibt auch auf krummen Linien gerade. Und der Griffel heißt Gnade. Wer anders deutet, verfälscht den Ton.

c) Liebe ist mehr als Lust

Das Lustprinzip (In jedem Augenblick gilt es, ein Maximum von Lust zu gewinnen) bestimmt weithin das Verhalten unserer Gesellschaft (Sexualität, Konsum, »Gefälligkeitsdemokratie« . . .). »Christlich« gewendet heißt es *Glücks*verlangen. »Jesus macht dich glücklich!« Ist das wahr? Ja, aber »unter ferner liefen« (» . . . dann wird euch solches alles zufallen«, Matth. 6, 33). Und dieses

Glück hat oft ein sehr anderes Gesicht als unsere Selbstliebe erträumt.

Der Vater des modernen Atheismus, Ludwig Feuerbach, hat die These vertreten: »Alle Gottesbilder sind nur die an den Himmel projizierten Wünsche der Menschen. Religion ist (was das Motiv angeht) Egoismus: der Mensch sucht sich selbst in und durch Gott«. Diese Verdrehung kann man letztlich nicht theoretisch widerlegen; sie kann nur dadurch überwunden werden, daß wir unter Jesu Augen von unserem Glück umgeleitet werden zu seiner Ehre. Es geht um die Reinigung unserer Gottesbeziehung von dem Glücksmotiv, das Gott zum Mittel unserer Zwecke, zum Sklaven unseres Egoismus degradiert. Da ist wirklich Exorzismus nötig! Das ist die höhnische Frage des Satans zu Beginn des Hiobbuchs (1, 9): »Meinst du, daß Hiob *umsonst* Gott fürchtet?« Wer »Gott« sagt, meint doch gewiß (sagt Satan) den eigenen Profit, die Gaben, nicht den Geber. Laß uns die Probe machen! – *Luther* hat dazu unüberbietbar Deutliches gesagt: Er spricht von Menschen, die »Gott mit der Liebe sündlicher Begier lieben, d. h. um ihres Heiles und um der ewigen Ruhe willen oder um der Hölle zu entgehen, d. h. nicht um Gottes, sondern um ihrer selbst willen. »Das ist die Stimme des Fleisches: ›Mein, mein‹, sagt sie. Räume dies ›mein‹ hinweg und sag dafür: ›Ehre sei dir, Herr‹, und du wirst selig sein.« Die aber Gott wahrhaftig lieben »schicken sich freiwillig in jeglichen Willen Gottes, auch in die Hölle und den ewigen Tod, wenn es Gott so will, daß sein Wille völlig geschehe; so sehr suchen sie nichts von dem, was das ihre ist. Doch so, wie sie sich selbst dem Willen Gottes so ohne Vorbehalt gleichförmig machen, so ist's unmöglich, daß sie in der Hölle bleiben. Denn es ist unmöglich, daß außerhalb von Gott bleibt, wer sich dem Willen Gottes so völlig hingibt . . . , so ist er selig«.

Liebe, der Weg über allen Wegen, höher als Pflicht, Tugend, Glück. Diese sagen alle – lauter oder leiser –

ICH; die Liebe aber ER, DU! – Solche Liebe kann man nicht befehlen, gar einprügeln, wie die Anekdote von Friedrich Wilhelm I., dem Soldatenkönig, erzählt. Bürger, die ängstlich vor ihm davonlaufen wollen, bekommen mit dem königlichen Knotenstock den Rücken durchgewalkt, und dabei heißt's im Rhythmus: »Nicht fürchten, lieben sollt ihr mich!« Liebe läßt sich nicht »einbleuen«. – Nur unter den Augen dessen, der sich nicht bedienen lassen wollte, sondern sein Leben als Lösegeld gab, der selbst die Agape ist, von der 1. Korinther 13 singt, kann die Liebe wachsen, die »nicht das Ihre sucht« (1. Kor. 13. 5).

B III Unter Jesu Augen geschieht **Umkehr zur Hoffnung**

1. Lebendige – nicht »lebhafte« Hoffnung

Mensch-sein heißt Hoffender-sein, belehrt uns die Psychologie. Die Öffnung nach vorn, das Aussein auf Zukunft ist (im Gegensatz zum Gegenwartswesen Tier) Grundmerkmal menschlicher Existenz, ist »existential«. Geboren zur Hoffnung ist der Mensch: völlige Hoffnungslosigkeit, total vermauerte Zukunft würde Tod bedeuten; ein Aufgeben der Hoffnung, Selbstmord. Deshalb hält der Mensch fest an »Hoffnung wider Hoffnung« (so der Titel einer Fernsehuntersuchung über Todkranke, die alles auf ein mögliches Wunder, eine ärztliche Fehldiagnose, ein neu gefundenes Medikament, eine zusätzliche Frist von Tagen setzen). »Noch am Grabe pflanzt er die Hoffnung auf« (Schiller). Deshalb Hoffnungsphilosophie wie Platons Lehre von der unsterblichen Seele, Hoffnungsideologie wie Marx' neue Welt der klassenlosen Gesellschaft, deshalb Ernst Blochs »Prinzip Hoffnung«, das Drängen nach vorn als Geheimnis allen Seins. Eine Welt voller Hoffnung!

Nein! Eine Welt voller Hoffnungslosigkeit! Schneidend ist hier das biblische Urteil. Dem, was der Mensch von Hause aus mitbringt, wird das Ehrenprädikat HOFFNUNG nicht zugestanden. Die »andern« sind solche, die »keine Hoffnung« haben (1. Thess. 4, 13). Ostern oder Nihilismus lautet die biblische Alternative (1. Kor. 15, 19. 32). Ohne Christus gilt das »Prinzip Hoffnungslosigkeit«. Die für die Bibel entscheidende Frage zielt nämlich auf die *Begründung* der Hoffnung: Ist sie fundiert? Daran scheiden sich Hoffnung und Illusion. Martin Kähler hat die Unterscheidung getroffen zwischen »lebhafter« und »lebendiger« Hoffnung. »*Lebhafte Hoffnung*« sorgt sich nicht um das Fundament, sie berauscht sich am Ziel, ist Schwester des Wunsches, Tochter der Phantasie, lebt vom Traum und – versinkt im Nichts. Lebhafte Hoffnung ist wie Fieber, das den Kranken um so erregter werden läßt je höher es steigt und ihm oft kurz vor dem Ende rauschhaftes Wohlbefinden (Euphorie) vorgaukelt. – »*Lebendige Hoffung*« aber hat der Mensch nicht von Geburt her, dazu muß er »wiedergeboren« werden (1. Petr. 1,3). Sie gründet nicht in der psychischen Struktur des Menschen, sondern in der weltverwandelnden Tat Gottes: »Wiedergeboren durch die Auferweckung Jesu Christi.« Nicht existential ist sie, sondern Neuschöpfung, geschieht nicht in trotziger Rebellion vor dem Tod, sondern von jenseits des Todes, von Ostern her. Sie schaut auf den, der allein vom Tod als von Vergangenheit sprechen kann: »Ich *war* tot« (Offb. 1, 18) und uns nun in sein Leben einbegreift: »Ich lebe, und ihr sollt auch leben« (Joh. 14,19). Luther: »Unsere Auferstehung . . . ist schon mehr als die Hälfte geschehen, weil unser Haupt da ist. Wie die Weiber sagen: Wenn bei einem Kindlein bei der Geburt der Kopf hervorgekommen ist, so hat's nicht mehr not«. Mit dem rechten Bein sind wir bereits aus dem Grab heraus. So lebt lebendige Hoffnung aus Christi Leben. Sie entspringt nicht als Wunschtraum aus der Leere der Gegenwart, nicht aus dem Hunger, der als Fata

Morgana gedeckte Tische erträumt, greift nicht aus dem »Nicht« ins »Noch-Nicht« aus (E. Bloch), sondern lebt vom *Heute-Schon*. Schon ist der Heilige Geist da. »Angeld« nennt ihn Paulus (2. Kor. 1, 22, vgl. Röm. 8, 23): die erste Rate ist schon gezahlt, der Rest garantiert! »Der große Trost ist, daß ein Christ schon im ewigen Leben steht, sofern er auf das Wort schaut«. Eben im Wort schaut uns aber Jesus Christus an. So geschieht unter seinen Augen Umkehr zur Hoffnung.

2. Lebendige Hoffnung – Abkehr vom »Prinzip Hoffnungslosigkeit«

a) Umkehr zur Hoffnung heißt *Abkehr von der Angst*

aa) Unterwegs zur »Entmutigungsgesellschaft«?

Ein gigantischer Fuß zertrampelt unsern schönen Globus – das als Titelbild eines wissenschaftlichen Taschenbuchs. »Im Jahre 2001 verhungert dein Enkel!« – das als Plakat bei einer Demonstration junger Leute. Diese zwei Schlaglichter signalisieren einen Temperatursturz, einen geistigen Klimawechsel von unerhörtem Ausmaß: Aus dem Wunschtraum Zukunft wurde der Alptraum, aus Morgen- Abendrot!

Vorher hießen Buchtitel »Die Zukunft hat schon begonnen« oder »Angriff auf die Zukunft«. Futurologie hieß die Devise. Wachstum das Zauberwort (immer schneller, größer, schöner, reicher . . .). Worte wie Tradition, konservativ, das Bestehende waren verpönt, jeder wollte zur Avantgarde gehören, dem Fortschritt den Weg bereiten. Theologen ließen den Existentialismus fahren und liebäugelten mit dem Neomarxismus: Die Achse Heidegger–Bultmann war abgenutzt, als Ersatz bot sich die Kombination Bloch–Moltmann an.

Da legen Naturwissenschaftler – nicht aufgeregte Sektenprediger, sondern Männer, die mit Computern arbeiten – eine Studie vor »Die Grenzen des Wachstums« (noch in überarbeiteter Fassung eine »Statistik des Grauens«). Sie rechnen die gegenwärtigen Trends (Bevölkerungsexplosion, Welthunger, Energieknappheit, Umweltverschmutzung ...) hoch und prophezeien einen Kollaps unseres ganzen Weltsystems bis zum Jahre 2100. – Was fordern die Wissenschaftler? Umkehr, Buße, und das schleunigst. Umkehr noch in dieser Generation, sonst wird der »point of no return« erreicht. Umkehr aus Selbsterhaltungstrieb, Umkehr zur Vernunft – jedenfalls Umkehr oder Untergang! – Die Chancen werden von vielen schlecht beurteilt: Weltweite Umkehr, Abkehr vom Idol des Lebensstandards, Umdenken für Industrienationen wie Entwicklungsländer! Kann man das erhoffen? Wird nicht eher der Weg der Verdrängung eingeschlagen (Nur nicht dran denken), der Fatalismus um sich greifen (Da kann man nichts machen!), werden nicht die Großmächte zu Gewaltakten ihre Zuflucht nehmen und auf Notwehr plädieren? Gehen wir – wie der Philosoph G. Picht meint – auf eine »Entmutigungsgesellschaft« zu? Leute, senkt die Köpfe, die Zukunft kommt! Sie drückt den Hals zu. Enge entsteht, Angst.

bb) Unterwegs zum Advent!

»Wenn das anfängt, erhebet eure Häupter, eure Erlösung naht« (Luk. 21, 28). Kopf hoch! Es ist Advent! Ich komme, nicht Hunger, vergiftete Luft – *ICH!* Lassen wir der Welt die Vokabel Futur (das, was kommt, sich entwickelt, Menschen machen), unser Wort für Zukunft heißt *Advent*. »Eine Kirche, die nicht auf die Wiederkunft ihres Herrn wartet, hat ... ihre Kraft verloren«, so antwortet der Physiker C.F.v. Weizsäcker auf die Frage nach der »Aufgabe der Kirche in der kommenden Weltgesellschaft«.

Nicht das ist unsere Aufgabe, billiges Kapital zu schlagen aus der Zukunftsangst unserer Mitmenschen. Im Gegenteil: allem Fatalismus haben wir tapfer zu wehren. Unser Gott heißt nicht Futurologie und Statistik; Jesus Christus steht souverän über allen Hochrechnungen! Und keine Weltkatastrophe als solche ist schon die Wiederkunft! – Freilich ist es auch nicht unsere Aufgabe, billig zu vertrösten: So schlimm wird's nicht werden. Die Offenbarung des Johannes hat dunkle Farben auf der Palette; es gilt, sie ernstzunehmen.

Aber weit wichtiger als das Ernstnehmen ist das »Frohnehmen« – nämlich der Wiederkunft. Der Adventsruf »Ich komme bald« ist unabhängig von der jeweiligen Konjunkturlage dieser Welt, liegt jenseits von Zukunftsoptimismus oder -pessimismus. – Unsere Umkehr zum Advent kann gewiß nicht das Motiv haben, das die Futurologen empfehlen: Umkehr, um zu überleben, Umkehr aus Selbsterhaltungstrieb! (»Wer sein Leben erhalten will ...«) Umkehr zum Advent heißt Selbsthingabe an Jesus Christus und seinen Plan, heißt Umkehr in die Gelassenheit, daß es für Christen kein absolutes Unglück geben kann (alles muß uns dienen – zum Besten), Umkehr in die Nüchternheit, daß es nicht nötig ist, daß wir am Leben bleiben, aber unbedingt nötig, daß wir in allem Gottes Willen tun, Umkehr aus sektiererhafter Enge zu den universalen Heilabsichten Gottes. Heraus aus Angst und Enge. Jesus ist nicht der »große Kaputtmacher«, sondern »der große Neumacher«, sagt Blumhardt. Daß er kommt, ist für uns, für alle Menschen, für die ganze Welt das Bestmögliche. Laßt uns in eine »Entmutigungsgesellschaft« hineinrufen, den Kopfnickern, Kopfschüttlern, Kopfzerbrechern und Kopfsenkern zurufen: »Kopf hoch, es ist Advent!«

b) Umkehr zur Hoffnung heißt *Abkehr von der Spekulation*

»Siehe, ich komme bald«, spricht der lebendige Herr, und die Brautgemeinde richtet ihre Augen voll Sehnsucht auf ihn: »Maranatha«, ruft sie, »Amen, ja, komm, Herr Jesus!«, und ihre Augen sehen dabei niemand als Jesus allein. Weil es um ihn geht, auch hier um das SOLUS CHRISTUS, darum ist es nötig:

aa) Abkehr von der Überbetonung der »Letzten Dinge«

Gewiß, wenn er kommt, gibt's auch aufregende »Dinge«, Ereignisse, die vorausgehen, begleiten, nachfolgen. Aber in der Mitte geht es nicht um diese »eschata« (Neutrum Plural!), sondern allein um den »eschatos«, den »Letzten« in Person und im Singular, um ihn, Jesus Christus selbst. Interessiert uns aber zuerst *das*, *was* kommt, statt *Er, der* kommt, dann füllen wir unsere Zeit mit rechthaberischem Streiten (mit unendlichen Diskussionen über Entrückungen, über den endzeitlichen Stellenwert bestimmter politischer Ereignisse, bzw. deren »prophetischer« Prognose, um einzelne Personen, denen man abwechselnd den Titel »Antichrist« verleiht . . . etc.). Das ist unheilvolle Akzentverschiebung: *Er* ist die Mitte!

bb) Abkehr vom Mißbrauch der »Zeichen der Zeit«

Werden diese »fahrplanmäßig« aufgereiht, nach »schon bzw. noch nicht erfüllt« geordnet, dann kommt – groteskerweise und völlig widersinnig! – heraus: So bald kann er doch nicht kommen. Erst muß der eschatologische Zug doch noch Station 5, 6, 7 passieren. – Das NT aber kennt die unmittelbare Naherwartung (z. B. 1. Kor. 15, 51), die Reformation und der Pietismus haben sie auch gekannt.

Wer sie umfälscht in eine »Demnächsterwartung« (»frühestens übermorgen!«) verdirbt mit seinem Kursbuch die Hoffnung.

cc) Abkehr vom Mißbrauch der Schrift

In der Diskussion um die »Letzten Dinge« wird in frommen Gruppen gelegentlich ein Umgang mit der Schrift gepflegt, der sich als »prophetisch« versteht, sich aber strukturell und methodisch kaum von den Zeugen Jehovas unterscheidet. Die Bibel wird verstanden wie eine chaotische Aufhäufung von Puzzlesteinen, die *wir* durch raffinierte Kombination zu einem Gesamtbild zu ordnen hätten! Welch ein Gottesbild! Welch ein Schriftverständnis! Gott hat demnach seinen Plan fertig, nun zerstanzt er das Bild in viele Bröckchen, verstreut sie in Hesekiel, Daniel und anderswo und gibt uns schließlich – wohl als Beschäftigungstherapie – den Auftrag, das Ganze sinnvoll zu rekonstruieren, wobei jeder sein Sonderfündlein, »sei' Gläuble«, einbringen darf. – So wird aus der Bibel, deren »claritas« (Klarheit) die Reformatoren nicht genug rühmen konnten – wohlgemerkt »Klarheit« von der Christusmitte aus! – ein apokalyptisches Orakelbuch für Eingeweihte! – Und: Wo bleibt bei solchem »Forschen« noch Zeit, Kraft, Liebe, Eifer für den einfältigen Missionsauftrag: »Gehet hin ... « (Matth. 28)?

dd) Abkehr von spekulativer Überheblichkeit

Das Wort Spekulation kommt vom lateinischen speculum (= Spiegel) und ist beheimatet in der idealistischen Philosophie.

Gemeint ist: Unser Denken fängt wie ein Spiegel die

göttlichen Gedanken auf und bildet sie ab. Daraus folgt dann: Unsere Gedanken sind seine Gedanken! Hier entsteht eine christliche »Wissenschaft«, die sich bereits im Schauen wähnt und zwischen den Eingeweihten, den mit endzeitlichen Geheimerkenntnissen Vertrauten, und »bloß« Glaubenden unterscheidet. Gruppen bilden sich um die Erleuchteten und schwören auf ihre Meister. Wieder tritt Gnosis an die Stelle der Pistis: Wissen statt Glaube. Wieder bilden sich fromme »Parteien«: »Ich bin paulisch, ich apollisch, ich kephisch.« – Da gilt: Kehrt um! Werdet doch einmal recht nüchtern und demütig! »Meine Gedanken sind nicht eure Gedanken«, spricht der Herr (Jes. 55, 7). Wer sich an Terminberechnungen versucht, übernimmt sich, will mehr können als Jesus (Tag und Stunde weiß nicht einmal der Sohn, Mark. 13, 32). »Wachet, denn ihr *wisset nicht, wann* ... « (Matth. 24, 42). Umkehr heißt: Schaut weg von euren »Fündlein«, schaut auf ihn!

ee) Abkehr von der Mißachtung der Souveränität Gottes

Der Vater hat Zeit und Stunde seiner Macht vorbehalten (Apg. 1,7). Das Wann, Wie, Was steht allein bei ihm! Im A.T. steht mehrfach das erstaunliche Wort von der »Reue Gottes«: Er verhängt ein Gericht, läßt es seine Boten feierlich proklamieren und – in unbegreiflicher, aber wundervoller, lebensrettender »Inkonsequenz« fällt er sich selbst in den Arm und schenkt Heil! Gott bleibt der souveräne Herr auch über sein Wort. So gewiß wir uns auf die Bibel verlassen dürfen, weil Gott treu ist, so gewiß ist er uns auch im Bibelwort nicht verfügbar, verrechenbar, gar manipulierbar. – Die Augen Jesu lokken seine Gemeinde ins Warten. Wohl merkt sie auf das prophetische Wort, wohl achtet sie auf die Zeichen, die Risse im Gebäude der alten Welt, die längst baufällig ist und durch die schon das Licht des Neuen bricht. Doch sie wird nicht diese Risse meditieren, sondern aufschauen zu ihm, der da kommt, wird bitten: »Dein Reich komme« und dazu: »Dein Wille geschehe«, womit alles, auch die »Letzten Dinge«, ihm anheimgestellt sind. So ist Umkehr zur Hoffnung stets auch Abkehr von der Spekulation, die wohl zur lebhaften, aber nicht zur lebendigen Hoffnung gehört. Apokalyptik, die nicht »Christus allein« sagt, ist Schwärmerei. »Christus allein« – auch gegen meine Träume und Lieblingsmeinungen! – das ist der rechte »eschatologische Vorbehalt«. – Adolf Schlatter erzählt (in »Erlebtes«) vom Sterben seines Vaters: Als der alte Gottesmann auf seinem letzten Lager liegt, liest man ihm vor aus der Offenbarung von goldenen Gassen und Perlentoren. »Laßt doch, sagt der Sterbende, was soll mir der Plunder, ich will doch nur eins: am Hals meines Vaters hängen (wie der verlorene Sohn).« – Und der berühmte Sohn schließt seine Lebenserinnerungen: »Mehr hat mir meine Theologie auch nicht gebracht.« Und das ist mehr als genug.

c) Umkehr zur Hoffnung heißt *Abkehr von der Resignation*

»Wenn morgen die Welt unterginge, würde ich heute mein Apfelbäumchen pflanzen ... «, das ist ein Satz von Martin Luther, nicht von Albert Camus. Bei Camus würde er besagen: Es ist zwar alles absurd, das Chaos bricht herein, aber ich setze dem mein irrsinnig trotziges »Dennoch« entgegen, schreie der Nacht mein »Nein« ins Gesicht, bevor sie mich verschlingt. – Bei Luther spricht nicht ohnmächtige Rebellion, sondern »lebendige Hoffnung«. Im Bild: Das Bäumchen, das ich jetzt im Namen Jesu in die alte Erde pflanze, wird seine Früchte tragen in der neuen Welt. So pflanze ich – nicht obwohl, sondern weil ... weil *Ostern* geworden ist! Unbegreifliches Wunder: Ausgerechnet in einem Grab hat das neue Leben begonnen. Der auferweckte Leib unseres Herrn ist »Erstling«, »erste Rate« einer Totalerneuerung von Himmel und Erde. Tod, dein Lied ist aus: das alte monotone Lied, dessen unendlich viele Strophen auf den Refrain enden: *Aus neu wird alt* (aus Blüte Fäulnis, aus Kindern Greise, aus Leben Tod), dessen Grundton »*Verwesung*« hieß. Das Lied ist aus. Gottes Instrumente stimmen schon das neue Lied an: »*Verwandlung*« heißt sein Grundmotiv, *aus alt wird neu,* aus Tod Leben, aus Schande Herrlichkeit... Nun haben auch wir unsere Instrumente neu zu stimmen: Alte Töne wie »noch« (»Noch gibt es Beter!«), »todsicher«, »frustriert« (»Alles ist eitel« – frustra – vergebens) müssen schweigen. Nun klingt es: »*Schon*« rufen Menschen den Namen an, vor dem sich einmal alle beugen; das ist »*lebenssicher*«, oster-, auferstehungs-, christussicher, und »Nichts ist vergeblich, was im Namen Jesu geschieht«, (1. Kor. 15, 58). Nun ist die Welt nicht mehr ein Leichenfeld, sondern ein Gottesacker, voll von Ewigkeitssamen. Was wir in diesen Acker säen, mag verloren scheinen (»Ich aber dachte, ich arbeitete vergeblich«, Jes. 49, 4) – doch das Samenkorn verschwindet nur in der Erde, um zu neuem, vielfältigem Leben zu erstehen. Weil Jesus lebt, weil Jesus kommt, können Christen »frustrations-resistent« sein, geimpft gegen das Gift der Resignation: Nichts ist vergeblich. Vom Beginn der Mission in Korea wird Folgendes berichtet: Es war vor 120 Jahren, als der erste Bote des Evangeliums dort Fuß fassen wollte. Ihm wurde die Einreise verwehrt. Er sollte auf das Schiff zurück. Doch er nahm seine Bibel und versuchte, an Land zu schwimmen. Etwa zehn Meter vor der Küste wurde er erschossen. Im letzten Augenblick warf er die Bibel an Land. Ein Fehlschlag? – Zehn Jahre später kam der zweite Bote. Er dachte, er sei der erste. Doch er fand eine Gemeinde vor, eine kleine Kirche. – Die Bibel war angekommen. Der Todesschütze hatte sie vom Strand aufgenommen, und er wurde der erste Christ in Korea, das Werkzeug Gottes für die erste Gemeinde dort.

C. Buße – Gottes Geschenk an uns

Zum Schluß eine begriffliche Überlegung: Ist Buße Angebot oder Geschenk? – Das Wort »*Angebot*« hat einen Zwillingsbruder mit Namen »*Nachfrage*«. Beide sind unzertrennlich. Wo ein Angebot nicht auf Nachfrage stößt, stößt es ins Leere! Das aber ist ja gerade die Freude eines evangelischen Predigers: Ich muß nicht warten auf eine »religiöse Disposition« des Hörers und bei ihr anknüpfen – das Wort schafft den Hörer selbst. Die »religiöse (Nach-)Frage« ist gerade nicht die Voraussetzung für das Evangelium. – Die nächste Verwandte des Wortes Angebot ist »*Möglichkeit*«. Auch diese hat eine Zwillingsschwester, die »*Verwirklichung*«: Wird eine Möglichkeit, eine Chance, nicht verwirklicht, ist wiederum alles verloren. Wer aber soll denn die Möglichkeit der Buße verwirklichen? Etwa der »alte Adam«, der doch in Sünden tot ist? Landen wir da nicht wieder bei den religiösen Imperativen: Du sollst, denn du kannst!? In dieselbe Sippe gehört schließlich das Wort »*Entscheidung*«. Es findet sich in der Lutherbibel nirgendwo, ist aber (mit Schwester »Möglichkeit«) die Zentralvokabel des Existentialismus und so auch der Bultmannschen Theologie (Der Mensch ist gerufen, angesichts der im Kerygma ihm angebotenen Möglichkeit, sich zu entscheiden und so zu seiner »Eigentlichkeit« zu finden). Eine echte Predigt aus diesem Lager gipfelt in dem Ruf: »Entscheide dich – hier und heute!« – Es ist ernster Nachfrage wert, warum so viele junge Theologiestudenten aus dem Raum des Pietismus den Weg in diese Theologie fanden. Haben sie da verwandte Töne zu hören gemeint? Hier ist Anlaß genug zur selbstkritischen Rückfrage: Pietismus, quo vadis? Pietismus, wohin des Wegs?

Entscheidend ist – und darin gründet alle Freude der Buße und alle Heilsgewißheit! –, daß Gott sich von Ewigkeit her für mich entschieden hat. Mir bleibt nur das dankbare, anbetende Ja zu dieser Entscheidung. Ich stelle mich unter sie und gebe ihr recht. Ich stelle mich auf sie und trotze allen Feinden in mir und um mich herum. Ich darf wegschauen von mir selbst (auch von aller anthropozentrisch am »frommen Menschen« orientierten Theologie), ich sehe niemand als Jesus allein. Das heißt Glaube. Buße ist Gottes Geschenk – das ist »die Freude der Buße« (J. Schniewind).